벌
새

House of Hummingbird

벌새

1994년, 닫히지 않은 기억의 기록

김보라 쓰고 엮음

최은영, 남다은, 김원영, 정희진,

그리고 앨리슨 벡델

arte

하루 종일 작업실에 앉아 있으면, 창밖으로는 낙엽이 춤을 추며
날아다닌다. 밤에는 불빛 때문에 나방들이 찾아온다. 이곳에 오고,
거의 매일 같이 울고 있다. 무언가 벅찬 마음에, 어떤 그리움에,
기쁨에, 부끄러움에 울게 된다. 많은 것을 보았다. 너무 많은
것들을 느끼게 되는 한 해였다.

— 2013년 겨울, 시나리오 초고를 수정하며 쓴 일기 가운데서

왜 이것은 기억하고, 저것은 기억하지 않는가. 왜 그 과거의 작은 디테일들을 한 주 내내, 한 달 내내, 그보다 더 오래 기억하고 있는가. 그리고 다시 어둠과 백지 상태로 가는가.

— 도리스 레싱

자주색 교복을 입은 내가 걷고 있다. 내 나이는 20대 후반이지만, 3년 동안 중학교를 다시 다녀야 한다. 바람이 살을 벨 듯이 불어온다. 교실에서 아이들을 보며, 끔찍한 기분이 든다. 새로운 나라, 새로운 언어 속에서 뿌리가 흔들리던 대학원 유학 시절, 나는 종종 중학교를 다시 다니는 꿈을 꿨다. 중학 시절에 봄, 여름, 가을이 없던 것이 아닌데도 꿈속의 계절은 언제나 찬 겨울이었다. 식은땀을 흘리며 꿈에서 깨어나면, 중학교를 다시 다녀야 할 필요가 없다는 사실에 깊은 안도감을 느꼈다. 도리스 레싱의 글처럼, 나는 내가 왜 이것을 기억하는가를 스스로에게 묻기 시작했다. 그 물음에 답하기 위하여, 집요하게 모든 기억들을 채집하고, 기록했다. 휴대폰 노트와 녹음기에, 일기장에, 메모장에, 적을 수 있는 모든 곳에. 영화 〈벌새〉는 그렇게 시작되었다.

나의 기록은 유년시절로 이어져, 2011년 단편 〈리코더 시험〉을 먼저 선보였고, 남아 있던 방대한 기록들을 모아 2012년 벌새의 트리트먼트를 완성했다. 처음 써낸 글은 유기적이지 못한 파편들이었다. 2013년, 초고를 쓰고 몇 년간 수정해 나가며 벌새는 파편에서 유기적인 하나의 이야기로 만들어졌다.

초고는 너무 나 같았다. 모든 게 내 이야기 같았다. 그러나 수정 작업을 거치면서 그 이야기는 모두의 이야기가 되어 갔다. 나는 수십 번의 모니터링을 통해, 벌새를 공동의 서사로 만드는 데 힘을 쏟았다. 미국, 유럽, 아시아 각국의 친구와 지인 들에게 시나리오 코멘트를 받았다. 중학생부터 70대까지 다양한 사람들이 시나리오를 읽고 의견을 나눠 주었다. 왜 그렇게까지 했을까 생각해 보면, 내밀한 이야기를 하는 것에 대한 두려움 때문이었다. 또한, 여성으로서 일에 있어서 더 완벽해야 한다는 과도한 강박도 작용했다. 나는 어떻게든 이 이야기를 나만의 이야기가 아닌, 원형적 서사로 만들려 했다. 그러나 그 과정 속에서 깨달은 것은 깊숙이 '내 이야기'인 것은 결국 다른 이의 이야기가 된다는 당연한 결론이었다. 가장 구체적일수록, 그것은 가장 보편적일 수 있다는 것을.

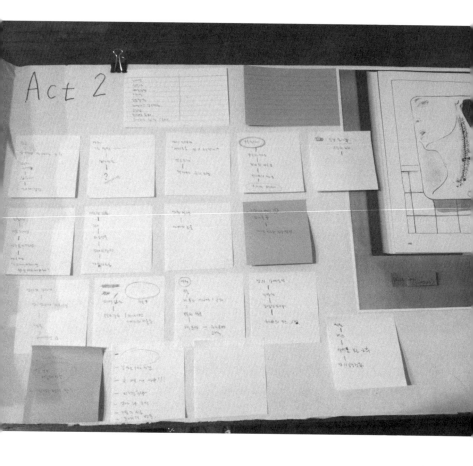

"벌새가 꿈에서부터 시작하여, 시나리오로 완성되기까지 아주 많은 것들을 보고, 느꼈다."

〈벌새〉를 만들면서 영화 속 인물로서 가족들에게 거리를 둔 채 바라볼 수 있었다. 그 '거리'로 인해, 그들을 깊게 이해하게 되었다. 그렇게 가족들과의 화해가 온전해질수록, 시나리오는 좋아졌다. 자신과 온전히 직면할수록, 글은 더 완전한 모습을 갖추어 갔다.

벌새가 꿈에서 시작하여, 시나리오로 그리고 영화로 완성되기까지 아주 많은 것들을 보고, 느꼈다. 처음 시나리오를 쓸 때는 내가 영지라고 생각하고 글을 썼다. 하지만 벌새를 완성하는 긴 시간 동안 내 안의 은희를 자주 만나게 되었다. 내가 잘못한 게 없다고 울부짖는 그 아이를, 스스로를 사랑할 수 없어 부끄러워하는 그 아이를, 집이 있지만 집이 없다고 느꼈던 그 아이를 자주 만났다. 그 아이를 집중적으로 다시 만나게 되는 그 과정은 내가 피하고 싶던 그림자와의 만남이었다. 멋지고 좋은 사람이라고 착각했던 내 모습 안에, 여전히 울부짖는 중학생 아이가 있다는 것을 처음에는 견딜 수가 없었다.

나는 깊은 우울에 빠졌고, 내 상태가 타인들에게 읽힐까 봐 두려웠다. 사람들을 만나러 가면, 아무렇지 않은 척하는 나를 바라보는 내가 있었다. 2014년부터 2017년, 집중적으로 명상 수업에, 그룹 상담에, 개인 상담을 받았다. 인도에 몇 차례 갔고, 친구들과 명상 모임 무화과를 만들어 정기적으로 이야기를 나눴다. 내가 할 수 있는 모든 수단을 동원해, '나'를 직면했다. 가족들과도 해묵은 모든 갈등까지 송두리째 없애겠다는 일념으로 싸우고 화해했다. 가족들은 내게 이제 그만하자고, 너무 후벼 파지 말자고 했다. 하지만 나는 묻고 또 묻고, 싸우고 또 싸웠다.

그 직면의 에너지는 무시무시했다. 나는 이번 기회가 아니면, 더 이상은 기회가 없다는 마음으로 나와 가족들을 만났다. 우리는 평화로웠던 관계를 다시 부수고 세워 가며 대화를 나눴다. 가짜 평화와 거짓을 파헤치고, 숨어 있는 어두움을 부수고 또 부쉈다.

놀랍게도 온전한 미움 끝에 찾아온 것은 사랑이었다.

어느 날, 나와 아빠 그리고 엄마가 거실에서 TV를 함께 보고 있었다. 추운 겨울이라 한 이불을 나눠 덮고서. 그때 아빠가 내 손을 잡았다. 그 순간 온몸에 온기가 돌았다. 나도 아빠도 어떤 말은 안 했지만, 우리가 이렇게 서로를 사랑하고 믿게 된 것에 대한 깊은 기쁨과 안도가 서려 있었다. 말로는 다할 수 없는 축복이었다. 나는 그들이 혈연가족이라 사랑하게 된 것이 아니었다. 그들을 사랑할 만해서, 사랑하게 되었다. 그들이 나를 온전히 사랑해 주고, 집에 왔다는 느낌을 비로소 주었기에.

벌새를 만드는 과정은 집이 없는 상태에서 시작해, 비로소 집을 찾게 되는 과정이었다. 나는 모든 것이 치유되었다고 말하지는 않을 것이다. 모든 것을 사랑하고 용서하게 됐다고, 용서를 구했다고 말하지는 않을 것이다. 다만 분명한 것은 내가 이 과정 속에서 인간을 사랑하게 된 것이다. 인간적이라는 것은 때로 잔혹하고, 서늘하고, 아프고, 그리고 치유하고, 사랑하는 그 모든 것이었다.

촬영이 끝나고 며칠 후, 나는 다시 중학교 시절의 꿈을 꿨다. 아이들이 나를 모두 환영해 줬고, 나는 집에 온 것처럼 편안한 기분이 들었다. 꿈에서 깨어났을 때, 신비하고 상서로운 느낌이 들었다. 무언가가 떨어져 나갔다. 아, 이제 정말 끝났구나, 하고 느꼈다.

House of Hummingbird

벌새

—

김보라

일러두기

이 책에 실린 시나리오는 영화에서는 삭제된 분량이 포함되어 있습니다.

S#1. 실내. 아파트 복도 — 낮

딩동.

중학생 여자아이가 현관문 앞에서 문이 열리길 기다린다. **예쁘지만 예민한 표정의 열네 살 아이, 은희.** 손에는 대파가 삐죽 나온 검정색 비닐봉지가 들려 있다. 은희, 다시 벨을 누른다. 딩동~. 아무도 문을 열어 주지 않는다. 걱정되는 표정의 은희. 다시 벨을 누른다. 딩—동.

인기척이 없는 텅 빈 복도.

은희, 다시 벨을 누른다. 딩동딩동딩동. 문은 열리지 않는다. 은희, 갑작스럽게 얼굴이 일그러지더니 문을 세차게 두드리기 시작한다.

은희

문 열어 줘! 장난치지 마!

나 왔단 말이야…!!!

문 열어, 문 열란 말이야!

문이 부서져라 두드리는 은희, 분노에 가득 찬 얼굴. 그러다 문득, 무언가를 발견한다. 현관문에 써진 호수. **902호.**

멍한 표정의 은희. 자신을 가다듬고, 뒤도 돌아보지 않고 계단으로 한 층 올라간다.

1002호 현관문 앞.

은희, 문 앞에 서서 잠시 망설이더니, 벨을 누른다. 딩동. 곧바로 문이 열린다. 집 안의 따뜻한 온기. 평화로운 주말의 TV 소리. **은희의 엄마** (40대)다. **동그랗고 온화한 인상**.

엄마

왔어?

은희, 아까까지의 사투를 얼굴에서 싹 지운 채, 답한다.

은희

응…

엄마

대파 이거밖에 없었어?

조금 시든 것 같은데…

엄마의 일상적인 이야기가 계속될 동안, 카메라는 은희의 얼굴을 응시한다. 마치, 아무 일도 없었다는 듯이 행동하는 은희. 그러나 아이의 얼굴에 여전히 남은 불안함. 흔들리는 눈동자. 어떤 슬픔.

벌새

1994년, 서울

S#2. 실내. 중학교, 복도 — 점심

아이들이 대거 교실과 교실 사이에서 이동 중이다. 베토벤을 닮은 **부스스한 머리에 키가 작고 마른 한 남자, 담임**(40대 초반)이 소리친다.

베토벤

A반 우측, B반 좌측통행!

B반 공부도 못하는 것들이 좌측통행도 못하냐.

아이들은 주임의 호령에 일제히 반으로 갈라져 복도를 대이동한다.

S#3. 실내. 중학교, 교실 — 낮

학생 1(14살)이 일어나 영어 교과서를 읽고 있다.

학생 1

Let's talk about our hobbies.

Mi‑ran likes to write letters.

I like to read books. What do you like to do, Jane?

은희, 긴장한 표정으로 학생 1의 영어 읽기를 바라보고 있다. 다른 아이들도 자기 차례가 되지 않을까, 긴장한 채 듣고 있다.

베토벤

(V.O) 됐어. 뒤에 다음 문단 읽어 봐.

좀 크게.

학생 1 뒤에 앉은 건 은희다.

베토벤

(V.O) 뒤에 네가 읽어 보라고.

아이들이 은희를 일제히 바라본다. 은희는 완전히 얼어 버린 표정으로 읽기 시작한다. 몹시 더듬더듬.

은희

I like to cook. On Sunday I go to the store and buy food.

I like to cook with my mother.

아이의 얼굴에 서리는 부끄러움.

S# 4. 실내. 중학교, 교실 — 잠시 후

쉬는 시간. 아이들이 소란할 동안, 은희는 책상에 엎드려 낙서를 하고
있다.

검은색의 하드커버 미치코런던 노트. 그 노트에 마치 만화책처럼 칸
을 나눠, 열심히 만화를 그리는 은희. 피구를 하는 주인공들의 말이
말풍선 안에 채워진다. Hi-tec 회색 펜으로 스크린톤 효과를 내는 은희
의 손.

그때 은희 치마에 숨겨 놓은 호출기가 울린다. 은희, 액정을 보고 얼
굴에 화색이 돈다.

필립스 호출기 액정에 찍힌 글자-**1004 486**(천사, 사랑해)

S# 5. 실외. 중학교, 운동장 — 낮

은희, 운동장을 가로질러 나온다. 정문 앞에서 다른 학교 교복을 입은
남중생, **지완(14살)**이 은희를 기다리고 있다. **키가 크고 잘생긴 얼굴**이
다. 은희, 그에게 아는 체를 한다. 얼굴에 감도는 화색.

S#6. 실외. 학교 앞 오솔길 — 잠시 후

오솔길을 다정하게 걷는 지완과 은희. 지완이 은희를 물끄러미 바라
보며 걷다 말한다.

지완

너 눈 사슴 같아.

은희

존나 유치해.

은희가 피식 웃고, 지완도 따라 웃는다. 지완이 은희의 얼굴을 손으로
쓰다듬는다.

은희

(웃으며) 하지 마…

지완은 개의치 않고, 또 은희의 얼굴을 손으로 만진다. 은희, 피하면서
도 피식 웃는다.

S#7. 실내. 은희네 집, 은희 방 — 낮

은희, 교복 재킷을 넣기 위해 붙박이장 문을 연다.

장 안에는 언니, **수희(18살)**가 웅크리고 있다. **무스로 세운 앞머리와 진**
한 화장의 언니.

수희

쉿.

바로 그때, 누군가 방에서 나오는 발자국 소리가 들린다. 은희, 이런 일
이 처음이 아니라는 듯, 장을 잽싸게 닫고 책상으로 가 책을 펼친다.

아빠(40대 중반)가 방에 들어온다. **키가 크고 예민한 인상**이다.

아빠

수희, 언제 나갔냐?

은희

잘 모르겠어요.

아빠

학원에서 또 전화가 왔어.
애가 또 어디로 새 가지고…
미치겠다 정말. 너도 빨리 한문 학원 가.

아빠는 혀를 차며 방을 나간다. 은희도 따라 나가 아빠를 배웅한다.

은희

다녀오세요.

아빠, 현관문을 꽝 닫고 나간다. 아빠가 가고도 한참 현관문 앞에 서서 주의를 기울이는 은희. 복도를 통해 들려오는 엘리베이터 문 열리는 소리.

은희, 다시 방으로 돌아온다.

은희

아빠, 엘리베이터 탔어.

수희, 붙박이장에서 스르르 나온다. 거울을 보고 옷매무새를 단정히 한다. 그 모습을 구경하는 은희. 수희, 방을 나간다. 꽝, 닫히는 현관문 소리.

S#8. 실외. 한문 학원 건물 ― 낮

낡은 빌딩 안으로 들어가는 은희. 계단을 올라, 학원으로 들어간다.

S#9. 실내. 한문 학원, 교실 — 낮

칠판 가득 빼곡히 쓰인 『명심보감』의 한자들. 칠판 앞에서 글자들을
써내려가는 뒷모습의 **대학생 남자 선생(20대 중반)**. 그는 혼자 열심히
내용을 설명한다. 돌아선 그의 청바지 로고가 보인다. GET USED.

작은 한문 학원 교실에 은희와 **지숙(14살)**이 앉아 있다. **야무진 인상**의
지숙은 CK 로고 티를 입고 있다. 지숙과 은희, 칠판과 선생을 무심히
바라보다, 노트에 낙서를 한다.

　'고돌이 새끼, 청바지가 GET USED밖에 없어.'

은희가 적는다. **'존나 구려.'** 킥킥거리는 두 소녀.

S#10. 실내. 지숙의 집, 거실 — 해 질 무렵

흰색의 화려한 바로크 스타일 가구, 실내 골프 연습판, 운동기구로 가
득 찬 거실. 거실 장식장에는 수입 양주들이 놓여 있다.

기계음

(O.S) Sex … Sex … Sex … Sex …

거실의 조용한 풍경 너머 전자사전 기계음이 계속 들린다.

S#11. 실내. 지숙의 집, 지숙 방 ― 해 질 무렵

지숙과 은희, 지숙의 침대에 나란히 누워 뒹굴거린다. 침대에는 뜯어진 진라면 봉지가 널려 있다. 지숙이 전자사전의 청취 버튼을 연속해서 누른다. 기계 속 여자가 매우 건조하고 객관적인 발음으로 sex를 발음한다. 지숙은 계속 반복청취 버튼을 누른다.

기계음

Sex ⋯ Sex ⋯ Sex ⋯ Sex ⋯

은희와 지숙이 자지러지게 웃는다. 반복청취가 끝나고 침묵. 이번엔 은희가 반복청취 버튼을 누른다. 다시 채워지는 기계음.

기계음

Sex ⋯ Sex ⋯ Sex ⋯ Sex ⋯

소녀들은 계속해서 깔깔 웃는다. 지숙이 한 번 더 누르려고 하자 은희가 그만하라고 말린다. 지숙이 사전에서 다른 단어를 찾아 본다. 그리고 하나하나 눌러 본다. 지숙이 사전으로 장난질을 할 동안, 은희는 생라면을 우걱우걱 먹는다.

기계음

Hi ⋯ Hello ⋯ Korea ⋯ Korea

Love ⋯ hi ⋯ Hello ⋯ Hi ⋯ Sex ⋯

S#12. 실내. 은희네 집, 거실 ─ 밤

아빠가 거실에서 언니를 혼내고 있다. 무릎을 꿇고, 고개를 숙인 언니, 수희.

아빠

아니, 네가 어떤 년이냐.

대치동에 살면서 공부를 못해서

고등학교를 떨어져서 강북에 있는 학교를 다니면서…

그렇게 부모 가슴에 못을 박고… 창피하게…

나가 뒈져, 똥 멍청이 같은 년!

엄마는 부엌에서 식탁을 닦고 있다. 건너편 방에서 보고 있던 **단정한 머리의 모범생 오빠, 대훈(15살)**이 혀를 끌끌 차며 방으로 다시 들어간다.

은희, 익숙한 그 풍경을 방문에 기대 지켜보고 있다.

그때 딩동, 하는 벨소리가 울린다.

가족 모두, 행동을 멈추고 누군가 귀 기울인다.

아빠

(O.S) 아니… **이 시간에 누가 벨을… 어떤 상놈의 새끼가…**

문이 열리는 소리가 들린다.

엄마

(O.S) 오빠…!

S#13. 실내. 은희네 집, 거실 — 밤

술에 취한 셋째 외삼촌(40대 후반), **허름한 차림의 슬픈 인상.** 배실배실
웃고 있다. 외삼촌이 탁자에 놓인 식혜를 마시며 말한다.

셋째 외삼촌

내가 우리 숙자를 여동생 중에 제일 아끼는데…

내 고등학교 학비 때문에

숙자가 공부 못 마친 게 내 평생에 한이야.

우리 숙자가 머리가 참 좋았거든.

학교 갔으면 뭐라도 했을 텐데…

엄마, 셋째 외삼촌의 칭찬에 쑥스러운 듯 웃는다.

셋째 외삼촌

그냥 곧 숙자 생일도 다가오고…. 들러 봤어.

숙자야…

셋째 외삼촌은 무슨 이야기를 하려다가 멈춘다.

어색한 침묵이 감돈다.

셋째 외삼촌은 거실을 천천히 둘러본다. 그러고는 엄마를 보고 빙그레 웃는다. 엄마, 어떻게 응답할지 몰라 그냥 또 웃어 버린다.

셋째 외삼촌

… 이제 갈게.

아빠

아니, 뭐 벌써…

셋째 외삼촌

김 서방, 화 안 났지?

아빠, 좀 난감하다는 표정이지만 짐짓 밝은 체를 한다.

셋째 외삼촌

숙자야. 오빠 간다.

엄마

오빠, 이제 술 좀 그만 마셔. 내가 못 살아…

셋째 외삼촌은 대답 없이 엄마를 보고 또 빙그레 웃기만 한다. 그 웃음에 어딘지 모를 쓸쓸함이 배어 있다.

수희, 은희, 대훈

안녕히 가세요.

셋째 외삼촌은 뒤돌아보지 않고 나가려는데 문을 어떻게 여는지 모른다.

셋째 외삼촌

이거 어떻게 여는 거냐, 은희야.

은희가 재빨리 외삼촌 옆으로 가 문을 열어 준다.

외삼촌과 은희의 눈이 마주친다. 그의 눈에 눈물이 고여 있는 듯하다.

셋째 외삼촌

네가 이제 몇 살이가.

은희

중학교 2학년이요.

셋째 외삼촌

그래…

그는 고개를 끄덕이더니, 문을 열고 천천히 나간다. 수희와 대훈, 각자의 방으로 들어간다. 아빠, 부모님 방으로 들어간다.

아빠

당신 오빠, 이제 정신 나갔어.

지금이 몇 시인데….

엄마, 대답하지 않고 거실을 치운다. 은희, 여전히 현관 앞에 서 있다. 그리고 현관문을 잠근다. 철컥.

S#14. 실내. 떡 방앗간 상가, 1층 로비 — 새벽

새벽의 상가. 은희가 오빠와 함께 상가 바닥에 하얀 가래떡을 널고 있다. 바닥에 깔린 수십 장의 포대 자루 위로 둘은 가래떡을 넌다. 가래떡 더미에서 가래떡을 떼어 내는 은희의 능숙한 손. 상가 1층 구석에 산처럼 쌓인 길고 긴 가래떡.

그 거대한 가래떡들의 행렬에서 하얀 김이 모락모락 나온다.

S#15. 실내. 훼밀리떡방앗간, 복도 — 낮

훼밀리떡방앗간 간판 아래, 은희 가족 모두가 분주하게 떡을 팔고 있다.

엄마

예, 두텁떡 3500원이에요, 손님!

엄마는 상냥하게 웃으며 손님을 대하고 있다. 언니는 옆에서 떡을 담기 좋게 비닐봉지 모양을 미리 만들어 놓고 있다. 아빠는 옆에서 속이 터진다는 듯이 바라본다.

아빠

수희야, 비닐봉지 그렇게 하지 말고 이렇게 하라니까!
똑바로 좀 하라고 똑바로, 응?

아빠가 언성을 높이자 손님 몇 명이 힐끔 쳐다본다. 더 열심히 비닐봉지 작업을 하는 수희.

손님

아유, 가족이 총출동했네. 오늘 행사 있나 봐?

엄마

네~ 회사 큰 행사랑 주문이 한꺼번에 왔어.

가게 앞에서 떡을 기다리는 손님들. 전체적으로 옷차림들이 세련된 부촌의 아주머니들.

가게는 전쟁터다. 가게 구석에 앉아 가래떡을 기계로 써는 은희.

은희

대야 다 찼어요.

수희가 재빠른 손놀림으로 썰린 가래떡이 가득 찬 초록색 다라이를
구석으로 치우고, 빈 다라이를 놓는다. 가족들은 은희가 썬 가래떡을
담고 포장한다.

은희, 기계를 다시 작동시키기 위해 바를 올리고, 동시에 긴 가래떡
을 기계 입구에 넣는다. 수희가 옆에서 가래떡에 참기름을 살짝 발라
준다. 더 부드럽게 들어가는 가래떡. 다시 빈 다라이를 채우며 썰리는
가래떡들. 굉장한 속도.

이명처럼 들리는 기계 소리. 덜컥, 덜컥, 덜컥.

S#16. 실내. 은희네 집, 거실 ― 밤

갑작스러운 고요. 거실에 온 가족이 모여 앉아 그날 매상을 세고 있
다. 포대 자루에 가득 담긴 지폐들. 능숙한 손놀림으로 돈을 세는 엄
마와 언니. 은희는 돈을 잘 세지 못하고, 손으로 하나하나 센다. 오빠
는 만 원 단위로 돈을 묶고 있다.

다들 아무 말이 없다.

방 안 가득 맴도는 피곤함. 돈 세는 소리만 타타타닥거린다.

손가락이 아픈지, 돈을 세다 자꾸 손을 터는 은희. 은희의 발갛게 달아오른 손가락. 분홍빛 손가락이 아려 보인다.

S#17. 실외. 은희네 아파트 전경 — 밤

밤의 은희네 아파트 단지. 나란히 열지어 있는 아파트들, 창문으로 보이는 불빛.

S#18. 실내. 버스 — 아침

아침, 등굣길 버스 안에 앉아 있는 은희. 버스의 요란한 엔진 소리와 아이들이 떠드는 소리. 은희, 무심히 창밖을 바라본다.

그러다 문득 은희, 귀 밑을 만진다. **무언가가 만져진다.** 이물감. 은희, 계속 귀 밑부분을 만진다.

S#19. 실외. 학교 앞, 현수막 길 — 아침

은희는 아이들과 조금 떨어져서 혼자 걸어간다. 은희가 걸어가는 길가에 빨간 핏물 같은 물감으로 써진 현수막이 걸려 있다.

'우리는 죽어도 여기서 나갈 수 없다'

그 뒤로 보이는 허물어져 가는 회색 컨테이너 집들.

S# 20. 실내. 중학교, 교실 ― 아침

담임, 베토벤이 교탁에 서서 몹시 진지한 표정으로 학생들에게 설교를 하고 있다.

베토벤

우리는 매일매일 살아가는 것이 아니라,

하루하루 죽어 가는 것이다.

즉 오늘은 죽음까지의 첫 번째 날이다.

너네는 중학교 2학년이다. 내일모레면 2학기, 곧 중 3이 된다.

너희가 오늘 하루를 어떻게 쓰느냐에 따라

너희의 미래가 달려 있다.

아이들은 약간은 경악스러운 얼굴로 선생님의 이야기를 듣고 있다.

베토벤

오늘부터 너희를 위해서

날라리 색출 작업에 들어간다.

지금 나눠 주는 흰 종이에 날라리를 각각 2명씩 적어 내.

담배 피는 것들, 공부 안 하고 연애하는 것들

노래방 가는 것들 다 날라리다.

알겠나? 외친다.

담임은 오른손 주먹을 불끈 쥐며 구호를 외친다.

베토벤

나는 노래방 대신 서울대 간다!

아이들은 마지못해 담임의 구호를 따라 한다.

베토벤

동작도 같이!

나는 노래방 대신! 서울대 간다!

베토벤은 자기 구호에 취해 막 팔을 여기저기 휘저으며 춤을 춘다. 모두 이 우스꽝스러운 구호를 따라 한다. 은희도 텅 빈 눈으로 따라 하는 척한다. 얼굴을 잔뜩 찌푸리며.

담임이 종이를 나눠 주기 시작하고 아이들은 뒤로 한 장씩 넘긴다. 아이들은 서로 눈치를 보더니, 하나둘 손으로 가리고 종이에 이름을 적기 시작한다. 은희도 종이를 받았다. 은희, 아무것도 적지 않고 종이를 바라만 본다.

흰 종이.

S#21. 실외. 덤블링장 — 낮

화면 한가득, 은희의 얼굴이 날아오른다. 그리고 지숙의 얼굴도 날아
오른다.

지숙

너 담임 완전 잘못 걸렸다.

졸라 골 때리는 새끼 같은데…

은희

걔만 이상한 거 아냐.

다 지랄 같아.

동네 테니스장 공터에 덩그러니 놓여 있는 덤블링(트램펄린). 둘은 오
래도록 덤블링을 띈다. 오후의 햇살이 눈부시다.

S# 22. 실내. 은희네 집, 현관 — 낮

은희, 문을 따고 집으로 들어온다. 아빠는 거실에서 **에이스 사교댄스 부르스 음악**을 틀어 놓고 춤 연습 중이다. 멋지게 파란 정장을 차려 입은 그, 은희를 발견하고 갑자기 주춤한다. 아빠, 어색한 몸짓으로 음악을 끈다. 은희와 아빠, 머쓱하게 눈이 마주친다.

은희

다녀왔습니다.

아빠

테니스 연습하고 있는 거야.

어색한 정적. 은희, 방으로 들어가려는 찰나,

아빠

아빠, 테니스 다녀올게.

아빠가 대문 쪽으로 온다. 구두를 신는 아빠의 손에는 신발주머니 같은 것이 들려 있다. 은희, 현관에 서서 쭈뼛쭈뼛 아빠를 배웅한다.

은희

(허리를 굽혀 조아리며) **다녀오세요…**

아빠, 별 대꾸 없이 나간다.

S# 23. 실내. 은희네 집, 부모님 방 — 낮

엄마의 화장대를 뒤적거리는 은희. 그때, 문이 열리고 방문에는 엄마
가 서 있다.

엄마
아빠 뭐 입고 나갔어?

은희, 대답을 못 한다. 엄마, 장롱으로 가서 아빠 옷들을 뒤진다. 은희,
훔쳐보던 것들을 조용히 제자리에 놓는다. 엄마, 파란 양복이 사라진
것을 발견하고 가만히 서 있다가, 주의를 은희에게 돌린다.

엄마
비피더스랑 감자전 있으니까 먹어.
오빠 학원 다녀오면 밥상 차려 주고.
(나가려다 말고) 엄마 방 좀 뒤지지 마.

엄마, 그대로 나가 버린다. 어딘가 넋이 나간 채로.

엄마가 나간 후, 다시 부모님 방 구석구석을 뒤지는 은희. 은희는 무
엇을 찾는지 알 수 없지만, 엄마의 반짇고리도 열어 보고, 옷장도 열

어 옷을 뒤적인다. 그러다 멈추고, 덩그러니 방에 서 있는 은희.

S#24. 실내. 은희네 집, 베란다 — 해 질 녘

세탁기 앞에 쭈그리고 앉아서 감자전을 우걱우걱 먹는 은희. 다 먹고
은박지로 남은 걸 덮는다. 일어나려다 다시 풀어, 감자전을 먹는 은
희. 우걱우걱.

S#25. 실외. 개포 단지 11자 길 - 방과 후

지완과 은희가 손을 잡고 걷고 있다. 이제는 그 모습이 좀 더 자연스
럽다. 은희, 문득 귀 밑에 이물감이 느껴지는지 계속 만져 댄다.

지완

왜 자꾸 만져?

은희

여기 뭐 만져져?

지완, 은희 귀 밑을 만져 본다. 묘한 표정으로 지완을 바라보는 은희.

지완

원래 그런 거 아냐?

잘 모르겠어.

은희가 지완을 물끄러미 본다. 지완 역시 은희를 본다. 지완은 또 예의 그 장난스러운 표정으로 은희 얼굴을 손으로 쓰다듬는다. 은희는 이번에는 하지 마,라고 하지 않고 가만히 웃는다. 은희, 지완을 계속 쳐다보다 피식, 하고 혼자 웃는다.

은희, 갑자기 지완의 팔목을 잡아 어디론가 향한다.

지완

왜, 왜.

은희

그냥 와 봐.

지완이 호기심 어린 표정으로 은희를 따라간다. 물론 그는 어떤 것을 감지한다.

S#26. 실내. 작은 빌딩 — 낮

둘은 낡고 작은 빌딩 건물에 들어왔다. 4층 정도 되는 계단을 말없이 오르는 둘. 은희가 앞서고, 지완이 뒤따라간다. 둘은 손을 놓지 않는다. 건물 옥상으로 나가려는데, 옥상 문이 잠겨 있다. 둘은 그저 옥상 문 앞 계단에 선다.

은희

우리 키스하자.

지완, 얼굴이 환해진다. 해사한 그 미소.

지완

한 번도 안 해 봤는데…

은희

그냥 해 보자.

지완이 무슨 말을 더 하려고 하자, 은희가 그에게 입을 맞춘다. 지완도 은희의 입맞춤에 응한다. 둘은 몸을 가까이 대고 입술만 맞댄다. 은희가 지완에게서 잠깐 몸을 뗀다.

은희

혀도 넣어 보자.

지완은 뭔가 벅찬 표정으로 우물쭈물한다. 그러다 은희에게 다가간다. 둘은 혀를 넣은 채 조금 오래 키스를 한다. 둘의 몸짓은 많이 서툴다.

키스가 다 끝나고, 약간은 취한 표정의 은희. 지완도 얼굴이 발그레하다. 은희, 바닥으로 침을 뱉는다. 지완도 따라 뱉는다.

은희

너 왜 뱉는데.

지완

네가 먼저 했잖아.

둘은 얼굴을 마주 보고 피식 웃는다. 은희가 키득대며 지완의 침 묻은 입술을 닦아 준다.

S# 27. 실내. 은희네 집, 은희 방 ― 낮

방바닥에 누워, 교복을 입은 채로 호출기를 확인하는 은희. 윙 하는 진동과 함께 온 문자. 호출기 액정에 찍힌 글자-**1004 486 486 486**(천사, 사랑해, 사랑해, 사랑해) 은희, 피식 웃으며 뒹구는데 방 밖에서 대훈이 집으로 들어오는 소리가 들린다.

대훈

(v.o) **야!**

은희, 오빠의 말을 무시한다. 그러나 다시 들려오는 대훈의 목소리.

대훈

(V.O) 야!

은희, 짜증이 난 채로 일어난다.

S# 28. 실내. 은희네 집, 오빠 방 - 낮

책상에 앉아 참고서를 보는 오빠. 책상에는 책이 가득하고, 하늘색 커튼이 쳐진 방에는 고급 피아노와 원목 침대가 있다. 은희, 오빠 방 문 앞에 서 있다.

은희

왜.

대훈

아까 그 새끼 누구야?

은희

뭐?

대훈

다 봤어.

부모님 망신시키지 마라.

은희, 대답 없이 자기 방으로 간다.

대훈

(v.O) **야.**

은희, 방문을 닫고, 대꾸하지 않는다.

대훈

(v.O) **야!!!**

은희, 신경질적으로 나간다. 다시 오빠 방 문 앞에 서는 은희.

은희

왜.

대훈

문 닫아.

은희, 기가 차서 피식 웃는다.

대훈

닫아.

은희, 대훈을 노려보고 문을 닫으며 작은 소리로 중얼댄다.

은희

미친 새끼…

대훈, 쓱 하고 은희를 바라본다. 무서운 침묵.

S# 29. 실내. 은희네 집, 은희 방 ― 잠시 후

은희 방, 열린 방문 사이로 오빠의 구타 소리만 들려온다. 은희는 소리 한 번 못 지르고, 오빠에게 사정없이 맞기 시작한다. 퍽퍽, 오빠의 발이 은희를 짓밟는 소리. 은희의 신음 소리.

은희

숨 쉴 시간 줘….

오빠는 몇 초 폭력을 멈춘다.

그 기묘한 정적.

그러고는 다시 때리기 시작한다. 전력을 다하여.

S#30. 실내. 은희네 집, 거실 ─ 밤

가족들 모두가 둘러앉아 밥을 먹고 있다.

아빠

그 쌍년이 나한테 고춧가루가 잘못되었네
불순물이 많이 나오네 뭐네, 제대로 된 걸 주래.
지난번에도 나보고 들기름 상태가 어쩌고저쩌고…
이번엔 돈을 아주 던지면서 주는데, 이 개 같은 년이 말이야.
그래서 내가 참다 참다못해서 그랬어.

가족들 모두 아빠의 그 긴 독백을 듣고만 있다.

아빠

이 고춧가루가 한국 최고급 고춧가루야,
어디서 알지도 못하면서 자꾸 지랄을 하냐고
그렇게 지랄할 거면 다시는 우리 가게에 오지도 마
네년이 안 사 줘도 된다고
그랬더니 아주 소스라치게 놀라더니
아무 소리도 못 하고 가더라고.
그년이 아주 꼼짝을 못 했어.
어디서 버르장머리 없이 내가 누구라고…

아빠가 흥분해서 이야기를 계속하자, 엄마는 말없이 물을 따라 아빠 앞에 컵을 놓는다. 아빠는 그 물을 벌컥벌컥 마신다.

아빠

아빠는 미도상가 치과의사들도 하나도 안 부러워.

그 더러운 이빨 맨날 봐서 뭐하냐?

맛있는 떡 먹는 게 좋지. 아니, 안 그래?

우리 가게가 얼마나 좋은 쌀만 엄선해서 만드는데…

고추 빻을 때도, 최고급, 최고급 고추만 해서 빻으니까

다른 가게랑은 그냥 비교가 안 되는 거라고.

긴 침묵이 흐른다.

가족들은 다들 말없이 반찬을 먹기만 한다. 아빠는 계속해서 자기 말을 늘어놓는다.

아빠

너희는 말이야.

아버지가 이렇게 고생하는데 아침 늦게 일어나고

아빠는 말이야… 학교 다닐 때 새벽 4시에 일어나서…

엄마

이 콩나물 맛있네?……

아빠가 엄마를 보고 스, 하는 소리를 낸다. 엄마, 아빠의 눈치를 보고

조용히 콩나물을 먹는다.

아빠

대훈아, 너네 회장 후보 선거 일정 나왔냐?

대훈

네.

아빠

아니, 선거를 왜 이렇게 늦게 하냐.

대훈

이번 주에 한대요.

아빠

하기 전까지, 애들에게 친절하게 해라.
필요하면 햄버거 사 주고, 아빠가 돈 줄 테니까.

대훈

네.

아빠

어디 한번 우리 대훈이가
2년 연속, 회장을 하게 되는지 지켜보자.

다들 기도해라.

은희, 잔뜩 화가 난 얼굴로 침묵을 지키다 말한다. 얼굴에는 약간의
상처가 나 있다.

은희
김대훈이 저 때렸어요.

아빠는 피곤한 얼굴로 또냐,라는 표정을 짓는다. 그러고는 그냥 불쾌
한 표정으로 식사를 계속한다. 엄마도 별말 하고 싶지 않은 지친 표정
이다. 오빠는 '쌤통이다'라는 표정으로 혀를 날름거린다. 아빠는 그
날름거림에 스, 하며 주의를 줄 뿐이다.

수희, 이 상황에 화가 나서, 은희와 눈 마주침을 한다. 수희의 응원에
도 은희는 분하다. 분하고 또 분하다.

S# 31. 실내. 한문 학원 건물, 계단 — 낮

낡은 학원 건물. 햇살이 밝은 오후, 복도의 큰 창문에 기대어 창밖을
바라보는 은희의 뒷모습. 바람에 나부끼는 은희의 머리카락, 옆모습.

은희, 학원으로 들어가기 위해 계단을 오른다.
그때, 누군가가 창문 쪽 앞에 선다. **여자(20대)**는 **짧은 머리에 남방**을

입었다. **어딘가 모르게 소년 같은 느낌.** 여자, 창문을 좀 더 열더니 담배를 피워 문다. 그 모습을 힐끗 바라보는 은희.

S# 32. 실내. 한문 학원, 교실 — 낮

은희, 구석 자리에 앉아 미치코런던 노트에 그림을 그리고 있다. 샤프로 사각사각 나무를 그리고 있다.

열린 문으로, 누군가 들어와 은희 앞에 선다.

은희, 깜짝 놀라 쳐다본다. 아까, 계단에서 담배를 피우던 그 여자다. 여자, 은희의 그림을 흥미롭게 본다.

그러고는 여자, 칠판 앞으로 가 칠판에 자신의 이름을 쓴다. **김영지.**

영지

오늘부터 수업하게 된 김영지예요.

영지, 칠판에 오늘의 한자를 적기 시작한다. 그때 지숙이 잔뜩 찌푸린 채 학원으로 들어온다. 입에는 하얀 마스크를 쓰고 있다. 그 모습을 의아하게 보는 영지와 은희. 지숙, 새로 온 선생님인 영지를 보고 놀라지만, 이내 목례를 하고 은희 옆자리에 앉는다.

은희가 노트에 적는다. 노트에 새겨지는 두 소녀의 대화.

너 마스크 왜 그래.

이따 말해 줄게.

저 여자 선생님 담배 핀다. 아까 복도에서 봤어.

지숙

고돌이는 어디 갔어?

지숙과 은희, 키득댄다.

영지

고돌이?

은희

그 고려대 남자 선생님이요.

영지

잘렸을 걸요.

은희와 지숙, 잘렸다는 말에 크게 웃는다. 영지는 다시 무심히 한자를
적는다.

지숙

자기소개 안 해 주세요?

영지, 적던 걸 멈추고 두 소녀를 바라본다. 물끄러미. 곰곰이 무언가를
생각하더니 말한다.

영지

돌아가면서 하면 어때요?

은희와 지숙은 영지의 진지하고 정중한 태도에 짐짓 장난기를 머금
는다.

영지

저 먼저 할게요.

영지, 소녀들에게 의향을 묻듯 쳐다본다. 은희와 지숙, 허락의 의미로
고개를 끄덕인다.

영지

저는 김영지고요.

영지, 이 사소한 자기소개에도 무척이나 진지하게 고민하며 한마디
한마디 해 나간다.

영지

음… 성남에 살고, 대학은 휴학 중이에요.

휴학을 좀 길게 했어요. 그래서, 나이는 적진 않아요.

그녀, 해맑게 웃으며 두 소녀를 바라본다. 이제는 너희 차례야,란 표정. 두 소녀는 서로 먼저 하라고 장난친다. 그러다 지숙이가 말한다.

지숙

전지숙이고요. 진선여중 2학년이에요.

영지

끝?

지숙

더 해야 돼요?

영지

음… 좋아하는 건 뭐예요?

지숙, 그 온화한 태도에 한마디 덧붙인다.

지숙

캘빈클라인?

지숙은 자기가 답하고, 킥킥 웃는다. 은희도 따라 웃는다.

영지

아, 브랜드… 왜 캘빈클라인이 좋아요?

지숙

그냥, 옷이 예뻐요.
시험 잘 보면, 엄마가 항상 사 주세요.

영지, 고개를 끄덕이며 듣는다. 이제 은희 차례다.

은희

저는 김은희고요.
대청중학교 다녀요.

은희, 너무 민망한지 얼굴이 일그러진다. 은희, 얼굴이 빨개져서 약간
떨리는 목소리로 대답한다. 그러나 짐짓 태연한 체한다.

영지

은희도 캘빈클라인 좋아해요?

은희

아니요… 저는….

지숙

김지완 좋아해요.

은희

야, 조용해!

지숙, 깔깔 웃는다. 영지, 두 소녀의 소란스러움에도 조용히 은희의 대답을 기다린다.

은희

저는 좋아하는 거는….

아, 전지숙, 이거 왜 시작했어… 쪽팔려….

은희, 부끄러워하다 정신을 차리고 또 말한다.

은희

저는… 음… 만화 그리는 거 좋아해요.

망설임 끝에 나온 은희의 고백.

지숙

(킥킥대며) 야한 만화…

은희가 지숙을 흘긴다.

영지

저도 만화 좋아해요.

은희, 그 말에 놀라, 연하게 웃는다.

S#33. 실내. 한문 학원, 교실 ― 시간 경과

수업이 끝나, 아이들이 일어나 나간다. 은희, 서둘러 나가는 지숙 뒤에서 약간 쭈뼛쭈뼛거린다. 영지는 책을 정리하고 있다. 은희, 영지가 자기를 보길 기다린다. 영지와 눈이 마주치자, 은희, 고개를 끄덕이며 인사를 한다.

은희

안녕히 계세요.

영지

은희라고 했지? 잘 가렴.

은희, 부끄러워서 어색한 눈빛으로 목례하고 나간다.

S#34. 실외. 학원 건물 옥상 — 낮

은희와 지숙, 옥상 위에 서 있다. 은희, 아무 말 없이 지숙의 얼굴을 심각한 얼굴로 본다. 지숙의 입가에는 시퍼런 멍이 들어 있다. 은희는 아무 말 없이 지숙의 얼굴을 돌려 본다.

은희

네 생일인데도 때렸어?

지숙, 편들어 주는 은희를 향해 씩 웃으며 묻는다.

지숙

(애써 웃으며) 너네 오빠 주로 어떻게 때리냐?

은희

… 존나 다양해. 요샌 죽도.

그 새끼 해동검도 하거든.

지숙

그건 차라리 나아. 골프채 존나 아파.

은희

오늘은 골프채로 때렸어?

지숙

엎드려뻗쳐 하고 맞은 건데,

반항하니까 존나 귀싸대기 날렸어.

지숙이, 고개를 푹 숙인다. 은희, 무슨 말을 해야 할지 모르겠다.

은희

가끔 그런 생각한다.

내가 자살을 하는 거야.

오빠 새끼가 괴롭혀서 힘들다고 유서 남기고…

근데, 그러면 내가 김대훈 새끼가 죄책감 느끼는 걸 못 보잖아.

그래서 죽고 나서 한 하루만 유령으로 있는 거야.

그 새끼 막 울고 아빠한테 혼나.

그럼 난 그걸 천장에서 다 내려다보는 상상을 한다?

엄마, 아빠 다 울고… 그러면 막 상상만 해도 후련해.

잠시의 침묵.

지숙

다들 미안해하긴 할까?

은희, 지숙을 힐끔 본다. 두 소녀는 아닐지도 모른다는 착잡한 얼굴로
옥상 앞의 풍경을 바라본다.

S# 35. 실내. 아베크 노래방 — 낮

조악한 조명의 낡은 노래방 카운터. 주인이 **AVEC 노래방**이라고 쓰인 **큰 실내 입간판**을 손보고 있다.

지숙

한 시간 주세요.

주인아저씨, 괴짜 같은 40대. 지숙과 은희를 익숙하게 맞이한다. 지숙이 계산을 하려던 찰나에, 은희가 지갑을 꺼낸다. 아저씨는 지숙의 마스크를 보고, 이상하지만 모른 체한다. 아저씨, 서비스로 물을 건넨다.

노래방 주인

너네 우리 아베크 노래방이 무슨 뜻인지 알아?

지숙

모르겠는데요.

노래방 주인

불어로 '함께'야. 함께 뭘 한다 할 때 함께….

아저씨가 대학교 때 불어 전공자였거든.

아베크랑 봉주르 중에서 고른 거야.

이름이 뭐야?

060

지숙

저요? 전지숙이요.

노래방 주인

아뻑지숙 이러면, 지숙과 함께 이 뜻이 되는 거야.

지숙

(과장되게) 아… !

노래방 주인

1번방으로 가. 오늘은 서비스 못 준다.

은희

오늘 얘 생일인데요?

노래방 주인

그래? 음… 그럼, 제일 큰 방 줄게.

지숙과 은희, 아쉬운 표정을 내보인다.

노래방 주인

에이 그래, 30분 더 추가!

지숙, 은희

감사합니다!

S#36. 실내. 아베크 노래방, 1번 방 ― 낮

엄청나게 큰 방.

지숙과 은희는 들어오자마자 그 크기에 놀란다. 미러볼은 이미 돌아 가고 있고, 둘은 잠시 동안 방을 둘러보며 머뭇댄다. 순간, 은희와 지숙 눈이 마주친다. 짧지만, 긴 마주침.

건너 방들에서 시끄러운 노랫소리가 들린다. 그 큰 방, 구석에 서 있는 두 소녀. 지숙 얼굴에 드리우는 반사된 미러볼 빛. 하얀 마스크.

S#37. 실내. 은희네 집, 은희 방 ― 밤

곤히 자고 있는 은희의 얼굴. 방문이 조용히 열리며, 수희가 들어온 다. 머리가 헝클어진 수희는 들어오자마자, 옷을 벗고 눕는다. 은희, 잠이 깨서 언니를 본다.

은희

술 마셨어?

수희

(배시시 웃으며) 어… 냄새나?…. 소문날지도 몰라….

언니는 끙끙 신음 소리를 내며 잠이 든다.

수희

(잠꼬대로) 은희야, 언니는 잘하는 게 하나도 없어.

뭐 하나 이뤄 놓은 게 없어.

은희, 옆에서 언니의 팔을 본다. 수희의 칠부 잠옷 아래로 보이는 가느다란 팔. **그 팔 전체를 덮는 화상 자국.** 겹겹이 주름지고, 팬 살들. 연분홍으로 일그러진 그 자국.

S# 38. 실외. 개포 단지 11자 길 — 다음 날, 낮

은희와 지완, 아파트 뒷길에 앉아 있다. 지완은 은희에게 작은 노트를 내민다.

지완

표지 문장 때문에 샀어.

은희는 호기심 어린 눈으로 노트를 본다. 귀엽게 생긴 곰이 춤추고 있고, 곰에서 나온 말풍선 안에는 이 문장이 있다. **I believe you.**

은희

이게 무슨 뜻인데?

지완은 약간 당황한 표정을 짓더니 웃는다.

지완

에? 뻥.

은희, 멍한 표정이다.

지완

진짜 몰라?

은희, 머뭇거리며 난처해한다.

지완

믿는다,잖아.

지완이 은희의 볼을 꼬집으며 귀여워하는데, 은희의 눈빛이 조금 흔
들린다. 부끄럽고 민망하다.

지완

100일엔 더 있어, 기대해.

은희, 희미하게 웃는다.

지완

안 좋아?

은희, 표정을 싹 바꾸고 좋은 체를 한다.

은희

좋아.

그때, 지완의 삐삐가 요란하게 진동한다. 지완, 약간 당황하며 삐삐를 확인한다. 은희가 궁금해하며 보려 하자, 각도를 돌려 삐삐를 확인하는 지완. 지완, 주머니에 삐삐를 다시 넣고 은희를 본다.

은희

김지완

지완

응?

은희

너는 내가 왜 좋아?

지완은 조금의 망설임도 없이 대답한다.

지완

네가 대청중에서 제일 예쁘잖아.

순간, 은희 얼굴에 지나가는 그 쓸쓸함. 그러고는 다시 해맑게 웃는다. 카메라는 조금 길게 은희의 그 미세한 표정 변화를 응시한다.

S# 39. 실내. 은희네 집, 베란다 ─ 낮

프라임영어사전을 펼치는 은희의 손. b 섹션을 찾는다. b⋯b⋯b⋯
believe.

believe

1. 믿다. (누구의 말이 진실임을)

2. ~ 존재 가치를 믿다. ~ 을 좋다고 생각하다.

은희, 베란다에 쪼그리고 앉아 한참 사전을 들여다본다. 그러다, 귀 밑부분을 다시 만진다. 이상한 느낌이 든다.

라디오

네, 다음 곡으로 고故 **장덕 씨의**
'예정된 시간을 위하여' 듣겠습니다.

은희, 어, 하고 놀라며 재빨리 라디오 녹음 버튼을 누른다. 녹음 버튼이 눌리자마자 음악이 나온다. 은희, 기뻐서 좋아한다.

라디오

잊지 말아요. 우리의 사랑을 잊지 말아요. 우리의 기억들을
이제는 시간이 됐어요…

베란다의 햇살과 함께 울려 퍼지는 음악 소리. 은희, 저 멀리를 보며
쭈그리고 앉아 음악을 조용히 듣는다.

S#40. 실내. 은희네 집, 거실 — 밤

엄마가 거실에서 혼자 TV를 보고 있다. 은희가 엄마 옆에 와 앉는다.
은희, 엄마가 자신을 봐 주길 기다리지만 엄마는 은희를 보지 않고 TV
만 본다.

은희

엄마, 나 귀 밑에 뭐가 만져져.

엄마, 은희를 쓱 보더니 은희 귀 밑을 만진다. 갑자기 심각한 표정을
짓는다.

엄마

혹이네? 왜 이걸 지금 얘기해.

은희

이제 알았어…

엄마

엄마가 아는 병원으로 가. 행당동에 있어.

은희

왜 거기까지 가야 돼?

엄마

너네 외삼촌 다니는 데야.

엄마는 다시 은희의 귀 밑 혹을 만져 본다.

엄마

거기가 좋은 데야 … 당장 내일 가.
언니 학교 근처니까, 언니랑 같이 집에 와.

은희, 엄마가 걱정해 준다는 사실에 기분이 좋다. 그러다 엄마, 무언가
생각이 났는지 TV를 끈다.

엄마

은희야, 엄마 파스 좀 붙여 줘.

엄마가 소파 옆에 놓은 파스를 은희에게 건넨다. 은희, 익숙한 듯이 엄마의 윗옷을 걷는다. 엄마, 등 뒤로 손을 뻗어 파스 붙일 위치를 알려 준다.

엄마

거기랑 여기.

은희, 파스를 정성스레 붙여 준다. 그리고 떼어지지 말라고 수포제도 붙인다. 엄마의 등에 붙여지는 하얀 파스. 하나, 둘.

엄마

너네 담임선생님 오늘 가게 오셨어.

은희는 짐짓 놀라는 표정이다.

엄마

너 학기 초에 날라리로 뽑혔었다며…
너 교복 치마 짧다는 얘기하고
한참을 가게에 그냥 앉아 있다 갔어.
엄마, 신경 쓰여서 장사도 못 하고…

은희

그 새끼, 돈 때문에 그러는 거야.
완전 미친 새끼야…

엄마

선생님한테 그게 무슨 말버릇이야.

그냥 잘못했습니다, 하고 착하게 학교 다녀.

은희

내가 뭘 잘못했는데!

엄마

네가 아무 잘못도 없는데

애들이 왜 널 날라리로 뽑아.

엄마는 한숨을 깊게 쉰다.

엄마

은희야, 너 날라리가 되면 안 돼.

공부 열심히 해서, 여대생이 돼야 해.

그래야 무시 안 받고, 영어 간판도 잘 읽고

캠퍼스에서 책 가슴에 이렇게 끼고 돌아다니지 응?

짜증이 난 얼굴로 엄마의 이야기를 듣는 은희. 그러면서도, 마지막까지 두 번째 파스 붙이기를 잘 마무리하는 아이.

S#41. 실외. 새서울의원 가는 길 — 낮

버스에 앉아 있는 은희.

육교, 시장을 지나 병원을 어렵게 찾아가는 은희.

S#42. 실내. 새서울의원, 로비 — 낮

병원 안으로 들어가는 은희. 오래된 인테리어. 벽에 걸린 이름 모를
자격증들. 어린 환자가 혼자 온 건 은희뿐이다. 나이가 들어 골골대는
노인 환자들. 퀴퀴한 냄새가 나는 병원. 안내 데스크에서 단 한 명뿐
인 **나이 든 여자 간호사**가 은희를 부른다.

간호사

김은희!

S#43. 실내. 새서울의원, 진료실 — 낮

후덕한 인상의 **남자 의사**(50대 후반)가 은희를 진료하고 있다. 의사는
은희의 귀 밑을 유심히 만져 본다.

의사

아직은 잘 모르겠네.

이게 뭔지를 좀 봐야 되니까 째 봐야겠다.

일단, 약 타고 다음 주에 오자. 어머니 모셔 오고.

은희

째요?

의사

조직검사를 해야 돼. 상처는 별로 안 남아.

은희

엄마 못 오실 텐데…

S# 44. 실외. 무학여고 앞 — 낮

은희, 정문 앞에서 수희를 기다린다.

큰 소리로 떠들며 지나가는 여고생 무리들. 무리들이 한참을 지나고,
수희가 저 멀리서 친구와 걸어온다.

은희

언니!!!

수희, 놀라서 인사한다. 수희, **친구(18살, 여)**에게 은희를 소개하고, 둘은 목례한다.

S# 45. 실내. 버스 안, 성수대교 위 — 낮

뒷자리에 앉아 있는 자매. 둘 다 말없이 창밖, 한강을 바라본다. 한참 동안.

수희

걱정 마. 별일 없을 거야.

은희, 고개를 끄덕인다.

수희

은마 떡볶이 먹으러 갈까?

은희와 언니는 눈빛으로 합의를 보고, 신이 난다.

은희

튀김이랑 순대도 먹자.

수희

당연하지!

은희

삶은 계란도 먹을까?

수희

가서 정해!

수희, 동생이 귀엽다는 듯이 웃는다. 은희, 가방에서 손거울을 꺼내 머리를 매만진다.

S#46. 실외. 상가 앞 작은 도로 — 저녁

은희와 수희, 재잘거리며 걸어가고 있다.

신호등 앞에 다 온 둘. 신호등에서 초록불이 깜박인다. 수희는 건널 마음이 없다. 그런데 신이 난 은희가 잽싸게 뛰기 시작한다.

은희

건너자!!!

그 순간, 빵 하는 긴 경적 소리가 들린다. 은희, 뒤를 돌아 언니를 본다. 수희가 도로 중간에 넋을 잃고 서 있다. 언니는 울 것 같은 표정으로 서 있다. 차 주인이 나와서, 수희에게 뭐라고 고래고래 소리를 지른다.

수희의 얼굴이 새하얘진다. 언니의 얼굴에 드리운 공포. 정지된 그 순간. 은희, 너무 놀라서 이러지도 저러지도 못하고 있다.

언니, 멍하게 가만히 있다가 몇 초 후 건너오기 시작한다. 언니는 씩씩대며 오더니 은희의 머리를 거세게 후려친다.

수희

누가 너더러 그렇게 일찍 가라고 했어? 어?

넌 꼭 네 멋대로 한다?

언니는 소리를 고래고래 지르고 길 가는 사람들이 힐끔힐끔 쳐다본다.

은희

가게 문 닫을까 봐, 빨리 가려고 한 건데…

언니는 더 화가 나서 소리를 지른다.

수희

잘못했어? 안 했어?

은희

….

수희

잘못했냐고? 안 했냐고!

은희

미안해….

뒤에 오는 줄 알았어.

수희

말해. 잘못했어? 안 했어?

은희

소리 좀 지르지 마…. 다 쳐다봐….

수희

잘못했어, 안 했어, 이 미친년아!!!

은희

잘못했어.

언니는 여전히 화가 나서 가쁜 숨을 몰아 내쉰다.

수희

떡볶이 너 혼자 먹어.

언니는 앞서서 조금 가더니 다시 집 쪽으로 향한다. 떡볶이는 이제 무산되었다.

S#47. 실내. 은희네 집, 은희 방 — 밤

뒤돌아 자는 수희, 그런 수희를 물끄러미 바라보는 은희.

천장에서 야광별이 반짝인다. 완전한 정적. 천장의 야광별과 바깥의 차 지나가는 소리만 있을 뿐이다.

S#48. 실외. 학교 앞 담길 — 아침

은희, 등교 중이다. 도곡동 비닐하우스촌을 지나 학교 담벽 쪽으로 가까워졌을 때 은희가 헉, 하고 놀라며 무언가를 바라본다.

'김은희 사랑해'라는 문장이 담벼락에 보라색 스프레이로 쓰여 있다.

은희는 깜짝 놀라서 멈추지도 못하고, 잰걸음으로 그 벽을 지나친다. 그러나 누구의 소행인지를 짐작하고 씩 웃는다. 은희 뒤에서 아이들이 수군댄다.

카메라는 은희가 떠나고도 오랫동안 벽을 보여 준다.

김은희 사랑해

S# 49. 실내. 중학교, 교실 — 낮

수업이 한창이다. 은희는 수업에는 집중하지 못한 채 계속 주머니 속 호출기를 확인한다.

호출기 액정에 뜨는 문자.

486486486···

은희, 문자를 보고 기분이 좋지만 티를 낼 수 없어 수업을 듣는 체한다. 그때 수업이 끝나고 쉬는 시간이 시작된다. 열린 앞문으로 베토벤이 거만한 태도로 들어온다.

베토벤

김은희. 나와.

반 아이들의 시선이 은희 쪽으로 모인다. 은희는 갸우뚱해서 베토벤을 바라본다.

S#50. 실내. 중학교. 복도 ― 낮

저 멀리 복도 끝에 베토벤이 서 있고, 은희가 옆에서 고개를 푹 숙이고 있다. 베토벤이 은희를 물끄러미 보며 기분 나쁜 웃음을 짓는다. 그는 매섭게 은희의 머리를 출석부로 후려친다.

베토벤

다 지워!

S#51. 실외. 학교 앞 담길 ― 낮

운동장에서는 아이들이 피구를 하고 있다.

은희, 홀로 '김은희 사랑해'가 써진 담벼락 앞에 서 있다. 잠시 망설이다가 검은색 페인트로 글자를 지우는 은희. 페인트 붓도 없어서 50센티미터짜리 대자로 북북 그어 가며 글씨에 검은 페인트를 덧입힌다. '김은희 사랑해'가 서서히 지워진다.

S#52. 실외. 개포 단지 11자 길 ― 방과 후

지완, 화가 나서 씩씩댄다. 얼굴 가득한 분노. 은희는 땅만 보고 있다.

지완

씨발… 너네 담임 새끼 내가 가서 죽여 버릴 거야.

존나 김은희 발톱의 때만도 못한 새끼가….

자기 화를 주체 못하고 으르렁대는 지완.

지완

…너 괴롭히는 사람들, 다 죽이고 싶어.

너네 오빠랑 너 담임 개새끼.

은희

그럼, 너 감옥 간다.

은희, 풀이 죽었던 마음이 조금 풀리는지 웃는다.

지완

뭘 웃어, 바보야.

은희

근육!

지완이 근육에 힘을 꽉 주며, 자신의 팔을 은희에게 내어 보인다. 그 팔을 만지며 신나 하는 은희. 지완, 그런 은희의 얼굴을 손으로 쓸어 내린다. 은희, 그 손을 피하면서 킥킥대며 지완의 얼굴을 쓸어내린다.

지완, 장난기를 머금고 은희의 머리를 부드럽게 쓰다듬는다. 은희, 그 손길을 느낀다.

S#53. 실내. 은희네 집, 은희 방 — 밤

미치코런던 노트에 나무를 그리는 은희. 이제 나무의 양옆으로 여자와 남자를 그린다.

여자 옆에 화살표로 '은희'라고 쓴다. 그리고 남자 옆에는 '지완'이라고 쓴다. 흐뭇한지 웃어 보인다. 뭔가 적기 위해 색연필을 고른다. 초록색을 골랐다가, 분홍색으로 바꾼다. 나무 그림에 바로 적으려다가, 노트 다른 면에 연습 삼아, '100일 축하 축하'라고 꾹꾹 눌러 가며 적는다. 신이 난 은희의 얼굴.

그 순간, 은희 방문이 열린다. 엄마다. 엄마, 넋이 나간 얼굴로 은희를 본다. 은희, 엄마의 그런 모습에 뭔가 이상하다.

엄마
서랍에 검정 옷 있는 거 빨리 입어.
수희 얘 그새 어디 갔어. 언니 삐삐 쳐 봐.

S#54. 실내. 차 안 ― 밤

차 뒷좌석에 은희, 오빠, 언니가 나란히 앉아 있다. 셋 모두 검은 옷을
입고 있다. 엄마의 뒷모습. 엄마, 창밖만 본다. 아빠, 말없이 운전을 한
다. 언니와 오빠는 창밖만 바라보고, 은희는 주머니에서 몰래 삐삐를
확인한다. 차에 짙게 깔린 침묵.

S#55. 실외. 장례식장 복도 ― 밤

복도 의자에 엄마가 고개를 푹 숙이고 앉아 있다. 상복을 입은 아주
머니들이 낮은 목소리로 엄마를 위로하고 있다. 저 멀리서, 그 모습을
지켜보는 은희.

S#56. 실내. 장례식장 앞 야외 공중전화 ― 잠시 후

건물 입구 앞에서 검은 상복을 입은 사람들이 울고 있거나, 무리 지어
이야기를 나눈다. 공중전화 안에서 음성 사서함을 남기는 은희.

은희

김찬… 너 왜 오늘 연락이 안 돼?

나 있지, 나 장례식장 왔다?

우리 외삼촌이 돌아가신 거야…

며칠 전에, 우리 집에 오셨는데, 오늘 돌아가셨어….

밤의 공중전화 안에서 무언가를 계속 이야기하고 있는 은희의 모습.

S#57. 실외. 중학교, 교실 — 낮

방과 후. 교실 창문에 은희가 기대어 바깥을 바라보고 있다.

은희의 시선으로 본 창밖 풍경. 혜지와 장난질을 하며 수돗가 앞에 서 있는 지완. 커튼 뒤에 숨어서 그들을 바라보는 은희. 지완과 혜지, 교문 쪽으로 함께 걸어간다.

그 둘의 모습을 미동 없이 바라보는 은희의 뒷모습.

S#58. 실외. 학교 앞 담길 — 시간 경과

'김은희 사랑해'가 지워져 흔적만 남은 담길을 화가 난 듯이 빠르게 걸어가는 은희. 길에는 아무도 없다. 은희 도시락 가방의 덜그덕거리는 소리.

S#59. 실내. 은희네 집, 부모님 방 ─ 낮

집에 들어온 은희, 부모님 방 문가에 기대어 엄마를 보고 있다.

엄마, 죽은 듯이 자고 있다. 바닥에 흐트러져 있는 엄마의 보라색 잠바. 커피색 스타킹의 올이 나간 엄마의 발.

엄마 곁으로 다가와, 오도카니 앉는 은희.

S#60. 실내. 락카페 안 ─ 낮

진한 화장을 한 채, 춤을 추는 은희와 지숙의 얼굴. **90년대 팝 음악, 'NO LIMIT'**에 맞춰, 격렬히 몸을 흔드는 두 소녀. 춤이라기보다는, 어떤 광적인 몸짓에 가깝다.

그렇게 춤을 추는 둘을 유심히 지켜보는 두 소녀가 있다. 한 여자아이는 몸집이 크고 뚱뚱하고, 한 명은 머리가 짧아 마치 소년처럼 보이는 여자아이다.

몸집이 큰 여자아이, 고민지(13살)와 **보이시한 배유리**(13살)가 은희와 지숙에게로 온다. 지숙과 은희, 여자아이들의 접근에 재밌어한다. 지숙이 다시 춤을 추기 시작한다. 은희도 따라 춘다. 유리와 민지도 좀 어색해하더니 금세 적응을 하고 춘다. 넷은 원을 그려서 춤을 춘다.

음악이 더 흥겨워진다. 다른 사람들도 방방 뛰며 락카페 안의 분위기가 더 달아오른다.

네 소녀는 얼굴이 상기되어 함께 춤을 춘다. 소녀들의 달아오른 볼, 그 에너지.

S# 61. 실외. 락카페 앞 — 낮

락카페 정문 앞에 네 소녀가 어색하게 서 있다. 도로의 시끄러운 소음들. 경적 소리. 지숙은 말보로 레드 담뱃갑을 든 채, 담배를 피우고 있다.

고민지

학교에서 언니 가끔 봤었어요.

베네통 노란 가방.

은희

어, 맞어.

고민지

얘가 언니랑 친해지고 싶어 했어요.

고민지가 그 아이, 유리의 팔을 툭툭 치며 눈치를 준다. 은희, 이 상황이 재밌다. 마치 어른이라도 된 듯, 묻는다.

은희

넌 이름이 뭐야?

유리

배유리요.

유리는 조그맣게 대답한다.

은희

이름이 예쁘네….

유리는 얼굴이 빨개진다. 고민지는 옆에서 재미있다는 듯이 킥킥댄
다. 유리가 얼굴을 들지 못하고 바닥만 본다.

지숙

둘이 사귀냐 씨발?

고민지가 유리와 눈치를 본다. 유리가 좀 수줍어하자 고민지가 대신
말한다.

고민지

언니들, 우리 X 맺으면 안 돼요?

지숙과 은희가 서로를 번갈아 보며 눈짓을 보낸다. 지숙이 호탕하게 웃는다.

지숙

삐삐 번호 줘.

지숙이 자신의 호출기 번호를 고민지에게 적어 준다. 유리도 은희가 적어 주길 기다리고 있다. 은희, 눈치를 채고 적어 주려 한다. 유리, 메모지가 없어 자신의 손바닥을 펜과 함께 내민다.

유리

아, 아니다.

유리는 이제 손바닥 말고 팔목을 내민다. 은희가 팔목에 번호를 적어 줄 동안, 유리는 은희의 눈을 빤히 바라본다. 은희, 적다가 유리의 시선을 눈치채고 고개를 든다. 유리, 눈을 피한다. 은희, 얼굴을 약간 붉힌다. 유리의 하얀 팔목에 검은 볼펜으로 적힌 은희의 사서함 번호. 유리, 좋아서 웃는다. 은희, 그 시선이 부담스럽지만, 싫지는 않다.

S# 62. 실내. 새서울의원, 진료실 ─ 낮

진료실에 홀로 앉아 있는 은희.

의사

이제야 오면 어쩌나.

아이고, 이걸 째려면

보호자 동의가 있어야 하는데…

은희

엄마가 허락하셨어요.

의사

그래도, 동의서가 있어야 돼.

은희

동의서요?

의사

어머니가 이거 째는 거 동의하겠다,

하는 그 동의서 줄 테니까,

도장 받아 와서 다음 진료 때 보자. 응?

의사, 차트에 무언가를 적는다. 은희, 걱정스러운 표정으로 앉아 있다.

의사

왜…?

은희

째는 거… 많이 심각한 거예요?

의사

아니야. 간단한 건데,

그래도 동의는 있어야 하니까…

걱정은 말고.

은희

… 그럼, 엄마한테

지금 전화해 보시면 안 돼요?

의사, 난감한 표정을 짓는다.

S#63. 실내. 새서울의원, 진료실 ─ 낮

간이침대에 앉아 있는 은희. 무서운지, 경직되어 있다. 간호사는 심드
렁한 표정으로 수술 집기를 세팅한다.

의사

자, 조금 따가울 거야. 놀라지 말고…

은희, 공포로 가득한 표정. 은희, 몸을 자꾸 움찔한다.

의사

어허, 움직이지 말고… 움직이면 더 아프다.

스테인리스 통에 담기는 소독약. 빨간 피가 묻은 거즈. 날카로운 칼. 이 모든 차가운 소리들과 은희의 표정.

S#64. 실내. 은희네 집, 은희 방 — 밤

은희, 자고 있다. 복도 창문으로 누군가 똑똑, 하고 두드린다. 잠시 동안의 정적. 다시 한 번 똑똑 두드림. 은희, 눈을 뜬다. 은희, 벌떡 일어나 창문을 연다. 언니다.

수희

물 내려. 두 번 내려.

S#65. 실내. 은희네 집, 화장실 — 밤

은희는 무표정한 얼굴로 변기 물을 두 번 내리고, 개수대의 수도꼭지도 콸콸 틀어 놓는다. 은희, 화장실 문을 열어 현관을 살핀다. 물소리가 나는 동안, 언니가 남자와 방으로 몰래 들어가고 있다.

은희, 화장실 문 앞에 서서 조심히 망을 본다. 수도꼭지에서 콸콸 흘러나오는 물소리.

S#66. 실내. 은희네 집, 은희 방 — 밤

언니가 은희 옆자리에 이불을 깔고 있다. 언니의 책상의자에 뺀질뺀질하게 생긴 언니 남자친구, **조준태**(18살)가 앉아 있다.

준태

잘 지냈어?

은희, 어색해하며 목례를 한다.

이불을 다 깐 언니, 남자친구와 속삭이며 이야기를 나눈다. 언니가 켜놓은 책상 스탠드 불빛 때문에 은희는 눈이 부시다.

은희

스탠드 좀 꺼 주면 안 돼?

수희가 은희 귀 밑에 작은 반창고를 발견한다.

수희

너 귀 밑에 왜 그래?

은희

언니, 나 졸려…

스탠드 불이 탁 하고 꺼진다. 정적. 어둠 속에 세 사람이 함께 있다. 은희는 그들에게 등을 보이고 누워 있지만, 계속 신경이 쓰인다.

간헐적으로 들려오는 언니와 남자친구의 속삭임 소리. 뒤척거림.

S#67. 실내. 한문 학원, 교실 — 낮

지숙과 은희, 둘 다 축 늘어져 책상에 엎드려 있다.

그때 영지 선생님이 들어온다.

영지는 가방을 내려놓은 후, 향을 피운다. 교실에 퍼져 나가는 향 연기. 지숙과 은희는 영지의 행동을 흥미롭게 바라본다.

영지, 칠판으로 가서 그 날의 한문을 써 내려간다. 지숙은 저 선생님 마음에 안 든다는 식으로 고개를 젓는다.

交友篇 : 相識滿天下, 知心能幾人.

칠판에 글자를 다 적은 영지가 소녀들을 향해 돌아선다.

영지

이거 읽어 볼까요.

소녀들이 더듬더듬 읽기 시작하지만 잘 모르겠다.

지숙

교우편…

은희

(웃으며) **그건 장 이름이지!**

지숙과 은희가 킬킬댄다.

영지

(진지하게) **네, 교우편 맞아요.**
오늘 배울 부분이 교우편이고요.
교우가 뭐죠?

지숙, 영지가 진지하게 자신의 대답을 이어 주는 것에 머쓱해한다.

지숙

친구 관계…

영지

네, 그래요.

그럼 본문 맞춰 볼까요. 은희?

은희

상… 어쩌고… 천하… 지심… 어쩌고 인이요.

영지

네. 그럼, 그 어쩌고가 무슨 글자인지를

일단 설명할게요.

은희는 자신의 말을 따라 한 점에 왠지 좋아서 웃는다.

영지

은희가 맞혔던 이 글자는 서로 상, 잘 맞혔어요.

은희, 수줍어서 희미하게 웃는다.

영지

그다음은 알 식, 찰 만,

이 '능'자는 가능하다 할 때의 능이에요.

그다음은 기. 그래서 음을 다 읽으면

상식만천하 지심능기인. 무슨 뜻일까요.

은희와 지숙, 고개만 갸우뚱거린다.

영지

은희는 아는 사람이 몇 명이에요?

은희, 갑작스러운 질문에 놀라서 어리둥절하다.

은희

네? 어… 아는 사람이요?

영지

네, 얼굴을 아는 사람들 말예요.

은희

어… 한 50명?

지숙

바보, 50명 더 되지.

우리 초등학교 6년에, 중학교 1년만 더해도

거의 400명 될걸?

은희

어… 그럼 한 400명이요?

영지

그럼, 마음을 아는 사람은 얼마나 될까요?

은희

네?

영지, 칠판에 뜻을 적는다. 손 글씨가 참 예쁘고 정갈하다.

칠판에 문장들이 완성된다.

얼굴을 아는 사람은 천하에 가득하지만,

마음을 아는 사람은 몇 명이나 되겠는가.

영지

상식만천하 지심능기인,

여러분 아는 사람들 중,

속마음을 아는 사람은 얼마나 될까요?

은희는 그 질문에 멍한 눈으로 영지를 바라만 본다.

S#68. 실외. 현대상가 정원 ― 해 질 무렵

은희 앞에 고민지와 배유리가 서 있다. 고민지가 히죽거리며 웃고 있고, 유리는 등 뒤로 무언가를 감추고 있다.

고민지

빨리 드려.

고민지의 말에 배유리는 쭈뼛거리며 등 뒤에 숨긴 장미꽃 한 송이를
준다. 은희는 의외의 선물에 놀란다.

유리

그냥 언니 생각나서 샀어요.

고민지는 잘해 보라는 듯 유리의 어깨를 툭 치고 간다.

유리

어… 가게?

유리는 아쉬워하는 표정을 짓지만, 막상 고민지를 붙잡지는 않는다.
이제 은희와 유리 둘만 남았다. 둘은 그냥 어색하게 서 있다.

유리

… 제 음성 들으셨어요?

은희

어.

유리

답장이 없으셔서… 찾아왔어요.

은희

(한참을 망설이다) 나 부모님 계셔서 다시 들어가 봐야 돼….

배유리

아, 그럼 저 갈게요…

유리는 너무 당황하며, 지나치게 서둘러 가려 한다. 은희가 유리의 옷깃을 잡는다. 그 닿음에 유리가 또 놀란다.

은희

우리, 이번 주에 만날래?

유리는 기쁨을 감출 수 없다.

S#69. 실내. 은희네 집, 엘리베이터 — 잠시 후

윙, 하고 올라가는 엘리베이터. 장미꽃을 바라보는 은희의 옆모습. 계속해서 올라가는 엘리베이터.

S# 70. 실내. 은희네 집, 거실 ─ 밤

현관문을 열자, 거실에서 소동이 일어나고 있다. 아빠가 엄마에게 소리를 지르며 온갖 입에 담을 수 없는 욕들을 하고 있다. 언니는 거실에 무릎을 꿇고 앉아 울고 있고, 대훈은 방 문가에 서 있다.

아빠

네가 애들 교육을 못해 가지고 다 이 모양인 거 아냐.

수희 저년이 왜 이렇게 나돌아 다니냐고… .

다 네가 애들 신경도 안 쓰고… .

엄마

당신이 무슨 할 말이 있어?

애들 앞이라고 내가 모른 척해 주니까…

둔탁한 소리들이 들리고, 엄마는 계속해서 소리를 지른다. 엄마가 소리를 지르다가 손에 닿는 데 있는 유리로 된 전등갓을 아빠에게 던진다. 전등갓은 아빠의 팔에 제대로 맞는다. 아빠의 팔이 하얘지더니 붉은 피가 콸콸 쏟아진다. 아빠는 멍하니 서 있고, 엄마는 구급약을 찾는다. 유리가 조각조각 깨어져 바닥에 흩어진다.

엄마

너희 발 조심해! 방에 들어가!!

아빠는 갑자기 행동을 멈춘다. 피가 철철철 흐른다.

엄마

어서 응급실 가요…

엄마는 일단, 거실 서랍장에 있는 구급상자를 뒤진다. 아빠는 자신의
팔에서 나는 피를 멍하니 바라만 본다. 남매는 방으로 들어가지도, 서
있지도 못하는 어정쩡한 상태이다. 언니의 울음소리는 이제 쇳소리
나는 꺼억꺼억 소리로 바뀐다.

현관문을 닫고, 복도로 다시 나가 버리는 은희. 닫힌 문 앞에서, 텅 빈
눈으로 서 있다.

S#71. 실내. 은희네 집, 은희네 방 ― 저녁

은희와 수희, 이불 속에 나란히 누워 있다.

은희

우리 집은 왜 이렇게 콩가룰까.

수희

우리 가족은 다 따로 살아야 돼.

은희

나랑도 따로 살고 싶어?

수희, 은희가 귀여운지 피식 웃는다.

S#72. 실내. 은희네 집, 거실 ─ 아침

베란다 창문으로 고요한 햇살이 들어온다. 시끄러운 일요일 가족오락
관 같은 TV 프로그램 소리가 난다. 방에서 은희가 졸린 눈으로 나온
다. 거실에서는 아빠와 엄마가 나란히 앉아 TV를 보고 있다. 엄마와
아빠는 은희와 눈을 마주치지 않는다. 아빠 팔의 붕대. 베란다를 통해
들어오는 햇살. 기이한 고요.

은희가 약간 놀란 듯 멈칫하다 다시 부엌으로 총총 걸어간다. 은희의
뒷모습에다 대고 엄마가 말한다.

엄마

밥 먹어.

부엌에서 아침밥을 먹는 은희. 은희는 밥을 꼭꼭 씹어 먹는다. 시끄러
운 TV 소리.

은희가 날아오른다. 이제 지숙이 날아오른다. 소녀들은 번갈아 가며
하늘로 날아오른다.

지숙

결혼을 하면,

서로가 서로에게 붙박이장이래.

은희

뭔 소리야 그게?

지숙

서로가 서로한테 사람이 아니래.

그래서 바람을 피우는 거래. 우리 엄마가 그랬어.

은희, 피식 웃는다.

지숙

우리 엄마랑 아빠 특징이 뭔지 알아?

은희

뭔데?

지숙

눈을 절대 안 마주쳐.

은희는 표정이 복잡하다.

지숙

너 근데 김환 연락 와?

은희

아니…

우리 뽀리까리 하자!

S#74. 실내. 문구점 ― 낮

은희, 너무나 대담하게 펜을 훔쳐 옷 안에 넣는다. 지숙과 은희, 문구점의 물건들을 하나둘 쏙쏙 옷에 집어넣는다. 은희, 마지막으로 화이트도 넣어 훔치려는 순간, **문구점 주인**이 은희 바로 옆에 서 있다.

문구점 주인

내놔.

은희, 문구점 주인을 슥 보고 애써 태연한 척한다.

은희

네? 뭘요?

문구점 주인

옷에 있는 것, 꺼내. 다 봤어.

문구점 주인이 은희의 윗옷을 만지려 한다.

은희

왜 이래, 변태 새끼!!!!

은희는 소리를 지르며 반항을 한다. 주인이 화가 나서 은희를 때리려는 시늉을 하고, 은희는 으악 하며 소리를 지른다.

S#75. 실외. 문구점 앞 로비 — 낮

지숙과 은희, 문구점 앞 경비실 앞에서 손을 들고 서 있다. 사람들이 지나가며 두 소녀를 힐끔 본다. 엄마와 함께 온 어린아이가 두 소녀 앞을 알짱거린다.

문구점 주인이 소녀들에게 호통 친다.

문구점 주인

너네 아빠 어디서 일하셔.

은희는 대답하지 않는다.

문구점 주인

너 이러면 경찰서로 간다.

지숙이 옆에서 빨리 그냥 이야기하라고 눈치를 준다. 은희, 말하지 않
고 바닥만 보고 있다.

지숙

미도상가에서 일하세요.

은희, 지숙의 실토에 얼어붙는다.

문구점 주인

거기서 장사하셔?

은희는 여전히 아무 대답도 하지 않는다.

문구점 주인

전화번호 대.

지숙도 이번에는 아무 대답을 못 한다. 그러나 은희에게 어서 이야기 하라는 눈치를 준다. 은희, 지숙의 배반을 차갑게 바라보며 체념한 듯 대답한다.

은희

555-2389요…

주인, 문구점 안으로 들어가 은희를 노려보며 전화를 건다. 신호음이 들린다. 문구점 주인, 위압적이고 거만한 말투로 말한다.

문구점 주인

예, 댁네 따님이 도둑질을 했어요.

네, 댁네 따님이 도둑질을,

여기 개포상가거든요?

우리 문구점에서 도둑질을 해서 잡혔어요.

얘 키 작고 대청중 교복 입고… .

잠시의 침묵.

문구점 주인

네, 그러니까 얘가 물건을 훔쳐 가지고… .

제가 그걸 잡았다고요.

문구점 주인의 표정이 점점 곤혹스러워진다. 상황이 어떻게 돼 가는지 눈치챈 은희, 고개를 들어 주인의 표정을 유심히 살핀다.

문구점 주인

아니… 그러니까 아버님이 이걸 아시고,

뭐 보상을 해야 제가 경찰서에 안 넘기고….

…당장 넘기라고요. 하… 이 아이 아버지 맞으세요…?

문구점 주인, 할 말이 점점 없어진다. 그는 마침내 전화를 끊는다. 주인의 얼굴이 좀 멋쩍다. 은희는 그의 눈을 마주친다. 문구점 주인, 무슨 말을 하려다가 은희의 표정을 보고 하지 않는다.

문구점 주인

에이, 뭐 이런… 너네 그냥 빨리 가!

영업 방해하지 말고.

은희, 이제 안다. 무슨 이야기가 오갔는지.

S# 76. 실외. 현대상가 정원 ― 낮

은희, 앞서가고 지숙은 말없이 따라간다. 은희가 멈춘다. 은희, 원망 섞인 눈으로 지숙을 바라본다. 지숙, 죄책감을 느끼지만 애써 티 내지 않는다.

지숙

나 먼저 갈게. 한문 나 빠진다고 전해 줘.

지숙은 은희를 남겨 두고 성큼성큼 저 멀리로 간다.

은희

너 미안하다는 말도 안 하냐?

지숙, 못 들은 체하고 그냥 가 버린다.

은희

미친 거 아냐?

은희, 지숙이를 쫓아가서 붙잡는다.

은희

너 뭐야. 너 뭐야! 미안하다고 해!

지숙, 다른 곳을 보며 눈을 마주치지 않는다.

은희

너 미쳤어? 잘못했다고 말해!
잘못했어, 안 했어?!!

지숙, 은희의 팔을 뿌리치고 뛰어간다.

은희

야!!!! 전지숙!!!!

은희, 그런 지숙의 뒷모습을 바라만 본다. 눈에 눈물이 그렁그렁 고인 채.

S# 77. 실내. 한문 학원, 교실 — 낮

은희는 책상에 엎드려, 힘없이 축 늘어져 있다. 영지 선생님이 교실로 들어온다. 영지, 수업을 준비하다 말고 묻는다.

영지

단짝 친구는 안 왔어요?

은희, 그 말에 갑자기 고개를 푹 숙인다.

은희

이제 단짝 아니에요.

영지, 의아하다는 듯 은희를 본다. 은희, 숨이 가빠지기 시작하더니 엉엉 울기 시작한다.

은희

개포상가에서 도둑질하다 걸렸어요.

저 이따 집에 가면 죽을 거예요.

전지숙이 가게 주인한테 저희 부모님 가게 일렀어요.

걔가 저를 일렀어요.

CUT TO : 영지, 김이 모락모락 나는 따뜻한 차 한잔을 은희에게 건넨다.

영지

우롱차야.

뜨거우니까 천천히 마셔.

은희, 연신 감사함을 표하고 차를 마신다. 선생님의 차 대접이 황송스럽기만 한 은희, 차를 마시다 말고, 선생님을 물끄러미 바라본다.

은희

그 문구점 아저씨, 저희 집

완전 콩가루라 생각했을 거예요.

영지, 씩 웃고 은희도 따라 웃는다. 은희가 웃으니까 마음이 놓인다.

은희

너무 울어서 죄송해요…

영지는 죄송할 것 없다는 듯 고개를 흔든다.

은희

이따 집에 가면 오빠가 저 죽일 거예요.

영지

오빠가?

은희

네. 맨날 개 패듯이 때려요.

영지, 할 말을 고른다. 어렵게.

영지

…그럼 넌 어떻게 해?

은희

그냥… 빨리 끝났으면 좋겠다,

그러고 기다려요. 대들면 더 때려요.

침묵. 은희, 차를 한 모금 더 홀짝홀짝 마신다.

은희

차 이름이 재밌어요. 우롱차…

그런 은희를 바라만 보는 영지. 복잡한 표정이다.

S#78. 실내. 은희네 아파트, 복도 ― 해 질 무렵

은희, 망설이고 망설이다 딩동, 하고 벨을 누른다. 은희, 울 것 같은 표정이다. 딩동. 아무도 대답이 없다. 은희, 열쇠를 꺼내 문을 살며시 연다.

S#79. 실내. 은희네 집, 현관 ― 해 질 무렵

현관문을 연 채, 서 있는 은희.

집에는 아무도 없다. 아직 아무도 오지 않았다. 텅 빈 오후의 집.

S#80. 실내. 은희네 집, 부엌 ― 저녁

가족들이 모두 한 식탁에 모여 밥을 먹는다. 은희만 부엌 구석에서 무릎을 꿇고 손을 들고 있다. 고통이 가득한 얼굴.

S#81. 실내. 은희네 집, 거실 베란다 ― 새벽

은희, 몰래 거실로 나온다. 모두가 잠들어 있다. 은희, 베란다 창문을 열어 바깥을 본다. 저 건너 아파트에서 아직 잠들지 않은 집들에 불이 켜져 있다. 어떤 집 거실에 백열등이 죽어 가는지 깜박깜박한다. 규칙적으로 깜박, 깜박하는 그 움직임. 은희, 하늘을 본다. 하늘에 별들이 떠 있다. 별들을 바라보는 은희의 뒷모습.

S#82. 실내. 떡 방앗간 ― 낮

엄마가 은희에게 떡을 챙겨 주고 있다.

엄마

지숙이가 떡을 잘 먹어?

은희

응.

엄마

피자만 먹을 것 같더니.

엄마, 떡을 담으며 말한다.

엄마

은희, 너 앞으로 그러지 마라.

엄마가 동네 챙피해서 못 살…

은희

알았어.

S#83. 실내. 한문 학원, 교실 ─ 낮

은희, 빈 교실로 조용히 들어와 교실 문을 닫는다. 그리고 영지의 책상 위에 가져온 떡을 놓는다. 은희, 나가려다 문득 교실을 본다. 텅 빈 교실.

은희, 영지의 의자에 앉아 본다. 그리고 책상을 찬찬히 구경한다. 책장에 꽂힌 책들. 『크눌프』, 『청년을 위한 한국 현대사』. 서랍도 열어 본다. 이런 저런 서류들. '도시빈민과 운동' 등의 글귀가 적혀 있다. 은희, 서랍을 닫고 잠시 생각한다. 그러고는 책상에 놓인 포스트잇을 뜯어 적는다.

'어제 감사했…' 글씨가 마음에 안 드는 지 새 포스트잇을 뜯어 또박 또박 적는다.

어제 감사했습니다. ─ 은희 올림.

S#84. 실내. 아베크 노래방, 작은 방 ― 낮

은희, 원준희의 '**사랑은 유리 같은 것**'을 부르고 있다.

은희

정말 몰랐어요… 사랑이란 유리 같은 것…

유리, 노래 부르는 은희를 호기심 어린 눈으로 바라본다. 은희, 유리
쪽을 차마 못 쳐다보고 어색해한다.

은희

아름답게 빛나지만, 깨어지기 쉽다는 것 으음.

이젠 깨어지는 사랑의 조각들을…

S#85. 실외. 은희네 아파트 단지 뒷길 ― 낮

아파트 뒷길을 걷는 은희와 유리. 유리, 은희를 힐끗힐끗 바라본다.

유리

우리 일요일에 또 노래방 가요.

은희, 잠시 생각하더니 고개를 끄덕인다. 유리, 씩 웃더니 쾌활하게 은
희의 손을 잡는다. 은희, 잡은 손을 피하지 않는다. 손잡고 나란히 걷

는 두 소녀. 은희, 무엇인가를 보고 표정이 변한다. 유리는 눈치채지 못한다.

지완이다.

지완이 길 끝에 서서 은희를 보고 있다. 은희, 유리의 손을 슬며시 뺀다. 지완이 은희와 유리 앞으로 천천히 다가온다.

지완
친구랑 얘기 끝날 때까지
놀이터에서 기다릴게.

유리, 지완의 등장에 당황한다. 그리고 이내 두 사람의 공기를 눈치챈다.

유리
친구 아닌데요.

은희, 그 대답에 깜짝 놀라 유리를 본다.

지완
아 후배구나…

유리, 난감해하는 은희를 눈치챈다.

유리

언니, 가고 싶어요?

은희, 우물쭈물 대답도 못하고 가만히 있는다. 유리가 기분이 상해서 그 자리를 떠나고, 지완과 은희 둘만 남겨진다.

지완과 은희, 어색한 재회. 지완, 은희의 얼굴만 바라본다.

은희, 지완을 남겨 두고 집으로 향한다. 지완, 은희를 쫓아온다. 은희, 지완을 무시한 채 성큼성큼 걷는다. 은희가 멈춰 지완을 뒤돌아보면 지완 역시 멈춘다. 은희가 다시 가기 시작하면, 지완도 따라온다. 그러기를 한참. 지완이가 소리친다.

지완

혜지가 자살한다고 계속 그랬어!

진짜 어쩔 수가 없었어!

은희가 마지막으로 다시 멈춰 지완이를 바라본다. 묘한 표정의 변화.

S#86. 실내. 은희네 집, 오빠 방 — 낮

은희와 지완 키스하고 있다. 둘은 은희 오빠 방 침대에 누워 있다. 이불 안에 들어가 고개만 내밀고 있는 은희와 지완. 키스가 끝나고 은희가 쑥스러운지 등을 돌린다.

지완

등 돌리지마~

은희, 씩 웃으며 다시 지완을 본다. 지완, 은희의 얼굴을 쓰다듬는다.

지완

너네 오빠 언제 온다고?

은희, 씩 웃는다.

은희

학원 끝나고 저녁 늦게.

지완, 은희를 꼭 껴안는다.

은희

근육!

지완이 근육에 힘을 꽉 주며, 자신의 팔을 은희에게 내어 준다. 그 팔
을 만지며 신나 하는 은희. 다시 말없이 껴안는 둘. 지완, 다시 은희의
머리를 쓰다듬는다. 그 따스한 손길을 느끼는 은희. 한낮의 고요.

은희

머리 만져 주는 게 제일 좋아… 졸려…

S#87. 실내. 새서울의원, 진료실 — 낮

의사, 차트에 무언가를 쓰며 은희에게 담담히 말한다.

의사

아무래도 큰 병원에 가야겠네.

엄마에게 가서 이거 소견서 드리면 된다. 알았지?

은희

왜 큰 병원에 가야 돼요?

의사

더 좋은 데에서

정확히 검진받아 보라는 거야. 걱정 말고.

S#88. 실외. 현대상가 정원 — 낮

은희, 현대상가 정원을 지나 집으로 가는 길. 누군가를 발견하고 눈이 동그래진다.

엄마다.

처음에는 아닌 듯해 갸우뚱하지만, 엄마가 맞다. 은희는 엄마를 보고 반가워서 부른다.

은희

엄마!

그러나 엄마는 듣지 못한다.

은희

(더 큰 목소리로) 엄마! 엄마!! 엄―마!!!

은희는 더 크게 엄마를 외친다. 이상하다 싶을 정도로 목 놓아 엄마를 부르는 은희. 그러나 엄마는 듣지 못한다. 주변 사람들이 은희를 힐끔 쳐다보고 지나친다. 엄마는 저 위 계단으로 천천히 걸어간다. 뭔가 골똘히 생각에 잠겨 있는 엄마. 엄마 주위로 하나의 섬이 형성된 것처럼 그녀는 고독해 보인다.

은희는 그런 엄마의 모습에 눌려, 더 이상 엄마를 호명하지 못한다. 길거리에 망연자실하게 서 있는 은희, 그 얼굴.

S#89. 실내. 은희네 집, 부모님 방 ─ 저녁

은희, 살짝 열린 문에 기대, 침대에 누운 부모님께 이야기 중이다.

아빠

큰 병원에?

은희

네. 별거 아니고,

더 정확히 검사하기 위해서래요.

엄마

이상하네…

아빠와 엄마, 어딘가 모르게 걱정되는 표정이다.

아빠

그래, 알았다.

아빠가 병원 예약할게. 들어가 자.

은희, 목례하고 문을 살며시 닫는다. 닫으며, 엄마를 본다.

S#90. 실내. 큰 병원, 진료실 ― 낮

큰 종합병원. 진료실에서 아빠와 함께 **의사**(60대 남성)의 소견을 듣고
있는 은희.

의사

여기 그림 보이시죠. 침샘에 혹이 생긴 거예요.
귀 옆 부위를 다 째서 혹을 들어내야 하는데,
수술이 잘못될 경우 얼굴이 마비되거나,
돌아가는 부작용이 있을 수도 있다…

아빠는 얼굴이 창백해진다.

아빠

네?

의사

확률이 낮으니까, 걱정 안 하셔도 되지만…
그래도 상처는 이렇게 길게 남습니다.

S#91. 실내. 큰 병원, 진료실 앞 복도 ― 낮

은희와 아빠, 복도에 앉아 있다. 링거병을 끌고 지나가는 환자들. 아빠

가 먼 곳만 우두커니 바라본다. 아빠의 얼굴은 점점 일그러진다.

그는 눈물을 뚝뚝 흘리며, 엉엉 울기 시작한다. 낯선 풍경. 은희는 우는 아빠 앞에서 어찌할 바를 모른다. 사람들이 두 사람을 힐끔 쳐다본다.

S#92. 실내. 은희네 집, 부엌 ― 밤

가족 모두가 앉아 저녁을 먹고 있다.

엄마

별일 없을 거야. 걱정 마.

아빠

그럴 가능성은 아주 낮대.
그냥 의사들이 겁주는 걸 거야…

오빠

너, 얼굴 돌아가면 어떡하냐.
지금보다 더 못생겨지는 거야?

아빠

대훈아…

오빠

농담하는 거예요.

수희

농담도 재밌어야 농담이지.

대훈은 수희를 째려본다. 은희, 자신에게 쏟아지는 관심이 어색한지
웃는다.

S#93. 실내. 한문 학원 건물 복도 — 낮

영지, 창문에 기대어 담배를 피고 있다.

은희, 계단을 올라와 영지를 발견한다. 인사하지 않고, 영지를 물끄러
미 바라만 본다.

영지의 옆모습. 영지, 은희의 존재를 눈치챈다. 그러고는 활짝 웃어 보
인다.

그 웃음에 수줍게 웃는 은희.

S#94. 실내. 한문 학원, 교실 — 낮

영지, 수업을 준비하며 무심히 내뱉는다.

영지

떡 잘 먹었어.

떡 잘 안 먹는데, 너네 집 떡은 정말 맛있더라.

은희

재료를 굉장히 좋은 거 쓰거든요…

최고급 쌀로 써요…

영지

어머니께 감사하다고 전해 줘.

그때, 지숙이 문을 드르륵 열며, 들어온다. 은희, 깜짝 놀란다. 지숙은
눈도 안 마주치고 교실 구석에 앉는다. 멀리 떨어져 앉는 지숙과 은희.

영지, 칠판에 한문을 적기 시작한다. 영지, 갑자기 적기를 멈추더니 소
녀들 쪽을 바라본다. 여전히 냉랭한 소녀들.

영지

노래 하나 불러 줄까?

두 소녀는 좀 어리둥절해서 영지를 바라본다. 소녀들은 서로 눈치만 본다. 영지는 소녀들의 답과는 상관없이, 허공을 바라보고 노래를 부르기 시작한다.

영지

잘린 손가락 바라보면서 소주 한잔 마시는 밤

덜걱덜걱 기계 소리 귓가에 남아 하늘 바라보았네

잘린 손가락 묻고 오는 밤 설운 눈물을 흘리는 밤

피 묻은 작업복에 지나간 내 청춘…

술에 취해 터벅 손 묻은 산을 헤매고 다녔다오

터벅터벅 찬 소주에 취해 헤매고 다녔다오

소녀들은 이 운동권 노래가 어렵지만, 마음에 와 닿는다. 선생님의 목소리는 청아하고, 어딘지 모르게 슬프다. 노래에 취해 선생님을 바라보는 지숙 그리고 은희.

S#95. 실외. 학원 건물 앞 원형극장 — 밤

수업이 끝나고, 지숙과 은희는 아무 말 없이 저녁 길을 걷는다. 은희가 침묵을 깨고 말한다.

은희

나 곧 있으면 병원 입원해.

부작용 생기면 얼굴 돌아갈지도 모른대.

지숙

뭐? 뭔 소리야?

은희

귀 밑에 혹이 나서 수술해야 돼.

지숙

왜 말 안 했어.

은희

네가 연락 안 했잖아.

지숙, 걸음을 멈춘다. 그리고 울기 시작한다. 그러더니, 고개를 떨어뜨리고 이야기한다.

지숙

그때, 무서워서 그랬어.

….

아저씨가 우릴 때릴 것 같았어.

은희, 이제야 이해가 된다.

은희

네가 날 버리는 줄 알았어.

이제 우리 친구 아닌 줄 알았어.

은희, 엉엉 울기 시작한다. 지숙, 은희가 우는 것을 보고 자기도 따라 운다. 길거리에 어정쩡하게 선 채로 우는 두 소녀.

S#96. 실내. 은희네 집, 거실 — 낮

맑게 갠 다음 날. 은희, 거실에 앉아 라디오 앞에서 음악을 녹음 중이다. 바닥에 뒹구는 테이프들. 은희는 전축에 연결된 마이크로 라디오 아나운서처럼 멘트까지 한다.

은희

네, 이제 다음 음악은

김지완과 김은희의 200일 기념송입니다.

물론 중간에 쉬긴 했지만…

그래도 200일은 200일입니다!

멘트가 마음에 안 드는지 여러 번을 녹음하는 은희. 마침내 마음에 들었는지 이번에는 동시 버튼을 눌러 음악을 녹음한다.

CUT TO: 은희, 여태껏 그렸던 남과 여의 그림이 여러 장 축소 복사된 종이를 믹스 테이프 표지로 만들어, 오려 붙이고 있다. 엄청난 집중력으로 만드는 은희.

S# 97. 실내. 극장 — 낮

은희와 지완. 어두운 극장에서 영화를 보고 있다. 극장에서 들려오는 소리. 둘의 어떤 성적인 긴장감. 두 사람, 가끔씩 엇갈리게 서로를 바라본다.

S# 98. 실외. 11자 길 혹은 현대상가 정원 — 해 질 녘

지완과 은희가 둘의 아지트에 있다. 은희, 해 질 녘의 하늘을 바라본다. 고요히 떠가는 구름, 저녁 어스름의 보랏빛.

은희

나는 이 시간 되면 기분이 이상해.

지완

너도 그래?

은희

너도야?

지완

응.

은희

어떤데?

지완

그냥, 외로워.

··· 흐. 넘 진지한가?

은희, 지완이가 쓴 단어에 놀란다. 둘, 말없이 걷는다.

은희

··· 수술 잘못돼서

얼굴이 돌아가도 내가 좋을까 넌?

지완, 크게 웃는다.

지완

바보야, 원래 의사들은 다 겁줘.

우리 아빠도 장난 아냐. 걱정 마.

은희

나 너한테 줄 거 있어.

은희가 설레는 마음으로 가방에서 무언가를 꺼내려는 순간, 어떤 아주머니가 다가와 지완의 머리를 매섭게 후려친다. **지완의 엄마**(40대 중반)다. 곱게 잘 차려입은 부잣집 아주머니의 인상.

지완이 놀라 아무 말도 못 하고 서 있다. 지완의 엄마는 서늘한 눈으로 지완을 바라본다.

지완 엄마
애가 그 방앗간 집 딸이지?

지완은 대답을 못 한 채, 바닥만 보고 있다.

지완 엄마는 지완의 팔을 부여잡고, 집으로 향한다. 지완은 엄마에게 질질 끌려 자리를 뜨고 은희는 도로변에 홀로 남겨진다. 지완, 뒤도 돌아보지 않는다.

은희, 멍하니 서 있다. 이제 너와는 정말 끝이다.

S#99. 실내. 한문 학원, 교실 — 밤

학원 교실에서 업무 중인 영지의 뒷모습.

문이 열린다. 영지가 돌아보자, 은희가 서 있다.

은희

선생님, 가실 때까지만 저 여기 있어도 돼요?

텅 빈 교실에서 마주 보고 앉아 있는 은희와 영지. 두 사람 앞에는 우롱차가 놓여 있다. 은희, 고개만 푹 숙이고 있다. 영지는 그런 은희를 걱정스러운 눈으로 바라본다. 은희, 차를 홀짝홀짝 마신다.

그때, 갑자기 교실 문이 열리며 누군가 얼굴을 빠끔 내민다. **원장(50대), 깐깐한 인상의 여성**이다.

원장

영지 샘, 언제 끝나. 나 언제 도와 줄 거야…

영지, 고민하다가 말한다.

영지

저, 9시까지만 나갔다 와도 될까요.

원장, 한숨을 쉬더니 나간다. 은희, 무슨 상황인지 몰라, 눈치를 본다.

영지

잠깐 같이 산책할래?

S#100. 실외. 학교 앞 현수막 길 ― 밤

은희와 영지, 은희 등굣길 근처의 허름한 컨테이너 집들을 지난다. 컨테이너 집에서 불빛이 새어 나온다.

은희

선생님. 여기 사는 사람들, 왜 현수막 거는 거예요?

영지

집을 안 뺏기려고 하는 거야.

은희

왜 남의 집을 뺏어요?

영지, 뭐라고 대답할지 몰라 난감하다.

영지

말도 안 되는 일들이 너무 많지?

은희

불쌍해요. 집도 추울 것 같은데…

영지

…그래도 …불쌍하다고 생각하지 마.

은희

네?

영지

함부로 동정할 수는 없어.

알 수 없잖아.

S#101. 실외. 학원 건물 앞 원형극장 — 밤

학원 앞에 다 왔다. 은희는 왠지 선생님과 헤어지기가 너무 아쉽다. 은희가 뭔가 미적거리고 있자, 영지 선생님이 장난기 어린 얼굴로 웃는다. 그러더니, 은희의 머리를 한 번 쓰다듬어 준다.

영지

나 담배 한 대 피고 갈게, 그럼.

영지, 담배를 꺼내 핀다. 은희, 영지 '선생님'이 담배를 피는 모습에, 반갑다. 영지와 은희는 집 앞 벤치에 나란히 앉는다. 말없이 담배를 피는 영지 선생님과 그 옆에 앉아 선생님을 바라보는 은희.

은희

선생님,

제가 불쌍해서 잘해 주시는 건 아니죠?

영지, 그 물음이 너무 아파서 은희를 바라만 본다. 잠시의 침묵이 흐른 후,

영지

바보 같은 질문에는,

답 안 해도 되지?

은희, 그 말에 피식 웃는다.

은희

선생님… 전 왠지 김지완이 또 그럴 것 같았어요.

그래서, 이 상황이 오히려 이상하게 마음이 편해요.

영지, 은희의 말들을 조용히 듣는다. 은희, 고개를 숙이고 땅만 바라본다. 그리고 한참을 기다려 주는 영지. 은희가 고개를 천천히 들어 쑥스러운 듯이 영지를 바라본다.

은희

선생님은 자기가 싫어진 적 있으세요?

두 여자의 눈 마주침.

이 아이에게 무엇을 말할까, 스산한 얼굴의 영지. 그 침묵을 힘겹게 깨고 영지가 말한다.

영지

… 응. 많이. 아주 많이.

나도 똑같아.

은희, 영지의 말에 놀라서 묻는다.

은희

선생님은,

그렇게 좋은 대학에 다니는데도요?

영지, 아이의 그 말에 웃으며 고개를 끄덕인다.

영지

… 자기를 좋아하기까지는 시간이 걸리는 것 같아.

그 말에 마음이 움직이는 은희.

영지

나는 내가 싫어질 때 그냥 그 마음을 들여다보려고 해.

이런 마음들이 있구나, 나는 지금 나를 사랑할 수 없구나, 하고…

은희야, 힘들고 우울할 땐, 손가락을 봐.

그리고 한 손가락, 한 손가락 움직여…

그럼, 참 신비롭게 느껴진다?

아무것도 못 할 것 같아도 손가락은 움직일 수 있어…

영지의 희고 긴 손. 그 느린 움직임.

침묵.

영지, 새 담배에 불을 붙인다. 영지의 88 담뱃갑.

은희

저 봐도 돼요?

은희, 선생님의 담뱃갑을 코에 가져가 냄새를 맡아 본다.

은희

신기해요.

영지

뭐가?

은희

선생님이 담배 피우니까 재밌어요.

어른들은 담배 건강에 안 좋다고 하잖아요.

영지

이거 되게 좋아.

그리고 건강에 안 좋은 건 담배 말고도 훨씬 더 많아.

은희

저 이거 주시면 안 돼요?

기념으로…!

영지

이거 가지면 기분 좋아질 것 같아?

은희, 세차게 끄덕인다. 영지, 조금 망설이다가 담뱃갑을 내준다.

영지

아주 속상한 일 있을 때만 한 대 펴.

근데 딱 이것만이야.

은희, 너무 신난다는 듯이 환하게 웃는다.

S#102. 실외. 은희네 아파트 단지 뒷길 ― 밤

홀로 걷고 있는 은희. 벅찬 표정의 얼굴. 카메라는 길게 그 얼굴을 따라간다.

은희, 문득 걸음을 멈춘다. 기쁘면서도 슬픈 얼굴. 밤의 공기.

S#103. 실내. 은희네 집, 은희 방 — 낮

창문으로 매미 소리가 요란하게 들린다. 은희, 병원에 입원하기 위해 옷 가방을 싼다. 리스트를 체크해 가며, 짐을 야무지게 싸는 은희. 그 옆으로 지숙이가 바닥에 누워 만화책을 보고 있다. 중간중간 생라면을 우걱우걱 먹는다. 은희도 뺏어 먹는다.

은희

생라면도 하나 챙겨 갈까?

지숙

병원에서 그건 좀 아니지 않을까.

은희

만화책 가져갈까?

지숙

굿 아이디어.

분주하게 짐을 싸는 은희. 만화를 보며, 건성으로 대답하는 지숙. 그 다정한 분위기.

S#104. 실내. 은희네 집, 거실 — 낮

은희, 방 앞에 서서 거실 쪽을 훔쳐보고 있다. 거실에서 아빠가 사교 춤 연습을 하고 있다. 거실을 이리저리 돌며 춤을 추는 그. 은희, 주머니 속 호출기를 꺼내 시계를 본다. 아빠가 방에 들어가길 기다리지만, 아빠는 들어가지 않는다. 은희, 너는 기다릴 수가 없어서 거실로 간다.

아빠는 은희가 오자 흠흠, 하며 춤을 멈춘다. 은희는 약간 몸을 움츠리며, 거실, 책장 앞에 멈춘다. 세계문학 전집을 유심히 살핀다. 거기서 한 권을 꺼낸다. **스탕달『적과 흑』**.

아빠

그건 왜?

은희

그냥… 좀 읽으려고요.

아빠

준비 다 했냐.

은희

네, 저 친구만 데려다주고 올게요.

은희는 아빠가 뭐라고 말할까 봐 눈치를 보지만, 다행히 아빠, 알았다는 듯이 고개를 끄덕이고는 방으로 들어간다.

S#105. 실내. 한문 학원, 복도 ― 낮

은희, 영지에게 작은 쇼핑백을 건넨다.

은희

책 좋아하시는 것 같아서요…

영지, 책을 받아 들고 조금 감격한 표정이다.

영지

언제 돌려주지?

은희

안 돌려주셔도 되는데…

영지의 망설이는 표정을 보고, 은희가 답한다.

은희

저 퇴원하고 돌려주셔도 돼요.

영지

그래, 고맙다. 수술 잘하고 와.

은희

방학 후에 뵐게요!

은희, 허리를 굽혀 조아리며 인사를 한다. 은희가 계단으로 가려는 찰나, 다시 뒤를 돌아본다. 은희, 영지를 바라만 본다. 무언가 기다리는 표정. 은희, 영지에게 뛰어가, 껴안는다.

은희

저는 선생님이 좋아요.

영지, 은희의 포옹에 놀란다. 말할 수 없는, 그러나 감격한 표정이다.

학원 복도, 두 사람의 긴 포옹.

S#106. 실내. 큰 병원, 수술실 ― 밤

은희를 보고 있는 **의사와 간호사들.**

의사

자, 이제 마취 들어간다.

점점 졸려질 거야.

간호사

속으로 20까지만 천천히 세어 봐.

화면은 점점 어두워진다. 빛이 약간씩 새어 나오는 가운데 화면은 무
지로 서서히 변한다.

S#107. 실내. 큰 병원, 회복실 혹은 회복실 앞 복도 ─ 아침

수술을 마치고 회복실에서 막 깨어난 은희. 옆에 남자아이가 엉엉 서
럽게 울어 댄다. 은희는 한기를 느끼는지 얼굴을 찡그리며 이불을 몸
위로 더 휘감듯이 덮는다. 춥다.

은희

저기요…

간호사 중 하나가 그제야 은희 목소리를 듣고 은희 쪽으로 온다.

은희

저기요…

간호사

응, 그래. 아프지?

은희

아니요…

간호사, 은희의 대답을 듣고 다시 일에 집중한다.

은희

저기요…

간호사, 잘 듣지 못한다.

은희

저기요… .

이제야, 간호사 듣고 은희를 본다.

간호사

응?

은희

제 혹 어디로 갔어요?

간호사

아, 그거? 버렸지…

은희, 버렸다는 말에 풀이 죽는다.

은희

어디로요?

간호사

(웃으며) 그게 왜 궁금하니?

은희, 풀이 죽는다. 간호사, 자리를 떠난다. 아까 그 아이의 울음소리
가 점점 더 커진다. 귀를 찢을 듯이 울어 댄다. 은희, 이불로 얼굴을 덮
어 버린다. 얼굴을 가리는 흰색 천.

S#108. 실내. 큰 병원, 입원실 ─ 낮

엄마와 아빠가 나란히 서서 은희를 보고 있다. 은희, 서서히 눈을 뜬다.

아빠

괜찮냐.

아빠가 은희를 걱정스러운 눈으로 바라본다. 엄마는 옆에서 생글생글

웃고 있다. 은희, 희미하게 눈을 뜨고 고개만 끄덕인다.

엄마

병원 밥 맛있어?

은희

아직 안 먹었어.

부모님은 은희 침대 옆의 보조 침대에 앉는다. 어색한 침묵. 셋 다 아무 말도 없다. 엄마는 괜히 보조 침대 옆 탁자 서랍을 하나씩 열었다 닫는다.

아빠

수희도 흉터가 생겼는데, 은희 너까지…
창신동 방 한 칸에서 살 때 너희들 다 들쳐 업고,
새벽 6시부터 새가 빠지게 일했어. 아주 새가 빠지게…
그때 수희 팔에 화상 입은 거야.
잠깐 한눈판 거였는데, 주전자가 엎어졌어.
아빠가 정말 잠깐 나간 사이에…
걔가 유치원을 보내도 돌아왔어. 애들이 하도 놀려서…
근데 은희 너까지…

아빠는 깊은 한숨을 몰아쉰다.

146

S#109. 실내. 큰 병원 엘리베이터 앞 ― 낮

엘리베이터 앞에서 아빠, 엄마를 배웅하는 은희. 문이 닫히기 전에 아빠가 말한다.

아빠

밥 잘 챙겨 먹어라.

엄마

의사 선생님 말 잘 듣고 있어.

수요일쯤 다 같이 올게.

은희, 고개를 끄덕인다. 엘리베이터 문이 닫힌다. 은희, 닫힌 문 앞에서 한참을 가만히 있다. 그리고, 다시 병실로 향한다. 빈 복도.

S#110. 실내. 큰 병원 입원실 ― 낮

은희가 입원실로 돌아왔는데, 은희 자리에 유리가 서 있다. 은희, 놀라서 서 있다.

유리

언니네 집에 전화해서, 병원 알아냈어요…

유리는 은희의 상처를 보며 울먹인다. 은희는 그런 유리를 보며 어찌할 바를 모른다. 유리는 더 크게 엉엉 운다.

입원한 동료 환자 아주머니들이 무슨 일인가 하고 쳐다본다. 은희는 주변 아줌마들의 시선이 유리에게 향한 것을 느낀다.

은희, 커튼을 치기 시작한다. 너무 빠르지도, 느리지도 않게. 차르르 조금씩 쳐지는 커튼. 커튼이 쳐지고 둘만의 공간이 되었다. 유리는 이제 울음을 멈춘다.

바깥은 아줌마들의 수다와 TV 소리로 소란하다.

잠시 동안의 어색한 침묵.

유리
수술한 거 많이 아파요?

은희
아니, 괜찮아…

유리
왜 연락 안 받았어요?

은희, 유리와 눈을 못 마주치고 고개를 숙인다.

유리

언니… 전 언니가 너무 좋아요.

언니가 제 친구들보다,

저희 부모님보다 더 좋아요.

유리는 계속 울먹이고, 은희는 어찌해야 할 바를 모른다.

유리

언니만 생각했어요.

은희, 이 우스울 정도로 비장한 고백에 어찌할 바를 모른다. 유리, 은
희에게 선물을 건넨다. 예쁜 쇼핑백에 담긴 묵직한 무언가. 은희, 쇼핑
백에 종이학 병이며, 액세서리 상자를 구경한다.

유리

그때 그 남자친구는 문병 안 와요?

은희

헤어졌어.

그 말에 은근히 좋아하는 유리.

다시 어색한 침묵. 은희가 결심한 듯이 묻는다.

은희

넌 내가 왜 좋아?

유리, 잠시 생각에 빠진다. 은희는 유리의 대답을 눈을 동그랗게 뜬 채, 기다린다.

유리

그냥요…

그냥 언니가 좋아요. 그럼 안 돼요?

은희, 그 대답이 마음에 드는지 밝게 웃어 보인다. 유리는 희망에 찬 눈으로 은희를 바라본다. 그러다 갑자기 유리, 은희의 얼굴을 물끄러미 바라보더니, 은희의 얼굴에 손을 댄다.

유리

(웃으며) 속눈썹 묻었어요.

은희, 놀라서 당황한다. 어색한 기운이 감돈다. 은희, 얼굴을 붉힌다. 커튼 밖으로는 아줌마들의 수다 소리, TV 소리가 계속 들린다.

은희, 수줍지만 이번에는 유리의 눈을 똑바로 쳐다본다.

은희, 유리에게 다가가 볼에 뽀뽀를 한다. 유리, 은희의 갑작스러운 행동에 놀라서 뒤로 물러난다. 은희, 그 반응에 더 놀란다.

유리, 한숨을 쉬며, 머리를 감싸고 어쩔 줄을 몰라 한다. 유리, 숨이 더 가빠지더니 은희의 입술에 입을 맞춘다.

은희, 놀라서 유리를 바라만 본다. 두 소녀, 해맑게 서로를 바라본다.

S#111. 실내. 큰 병원 화장실 ─ 낮

화장실에 멍하니 서 있는 은희. 약간 발그레한 은희의 볼. 은희, 유리가 준 선물들을 찬찬히 본다. 종이학 수백 개가 담긴 긴 유리병. 그리고 14K 귀걸이. 은희, 왼쪽 귀에 귀걸이를 해 본다. 예쁘게 쏙 들어간다. 오른쪽에도 하려고 하자 수술 후 통증 때문에 아프다. 은희는 두 쪽 다 하기를 포기하고 왼쪽 귀걸이도 빼서 귀걸이 상자에 곱게 넣는다. 은희, 그 흐뭇한 표정.

S#112. 실내. 큰 병원, 복도 ─ 새벽

모두가 잠든 새벽, 병원의 고요.

은희, 환자복을 입고 느릿느릿 복도를 거닐고 있다.

은희, 복도 휴게실에 앉는다. 유리창 밖으로 보이는 건너편 병동의 복도. 간간히 지나가고 있는 환자들. 초록빛 형광등만 켜진 거대한 병원의 새벽. 내부가 보이는 투명 엘리베이터가 간간히 오르고 내린다. 엘리베이터의 움직임. 창문으로 비치는 푸른 새벽 빛.

S#113. 실내. 큰 병원 입원실 — 아침

은희, 자신의 침대에 앉아 인스피로미터(수술 후 폐활량 연습 기구)를 연습 중이다. 장난감처럼 생긴 그 기구에 달린 마우스피스로 후 하고 바람을 불면, 파란색 공이 올라간다. 은희가 바람을 넣을 때마다 작은 파란 공이 올라갔다, 다시 내려간다. 반복적인 공의 오르내림. 오랫동안 그 기구를 부는 은희.

간호사가 식판을 가져와서 배급해 준다. 병실 아주머니들은 신나서 밥을 먹기 시작한다. 간호사, 은희에게 식판을 준다. 케이크 같은 특별 간식도 나왔다. 은희, 밥을 먹기 시작한다.

옆 침대 **아주머니 1**(40대 후반)이 은희에게 다가오더니, 비닐에 담긴 반찬을 젓가락으로 은희 식판에 퍼서 준다.

아주머니 1

이거 매실 장아찌야. 먹어 봐.

우리 며느리가 해 온 거.

은희

아… 네… 감사합니다.

은희, 연신 고개를 숙이며 고마움을 표시한다.

아주머니 1

애기가 고생하네.

은희, 애기라는 말에 수줍게 웃는다. 아주머니 1은 다른 아주머니들 침대로도 다 가서 매실 장아찌를 조금씩 나눠 준다.

아주머니 2

아이고, 고마워요.

호호호…. 반찬이 하나 더 늘었네.

아주머니들은 아주머니 1에게 고맙다고 하며 담소를 나눈다. 다정한 분위기 속에서 은희, 매실 장아찌를 밥과 함께 먹는다. 맛있다.

S#114. 실내. 큰 병원 복도 — 낮

저 멀리, 복도 구석에서 은희가 전화를 하고 있다. 수화기를 힘없이 내려놓고 병실로 가려는데, 휴게실에서 아주머니들이 웅성댄다. TV 에서 김일성 사망 뉴스가 들려온다.

아나운서

(V.O) **다시 뉴스 속보입니다.**

북한 김일성 위원장이 사망했습니다.

8일 새벽 2시 급환으로 숨졌으나,

북한 조선중앙방송은 사망 34시간 만에 발표를 했습니다.

사인은 심근경색으로, 장례식은 17일 거대한 국가 행사로서…

아주머니들이 어머어머, 하는 탄식과 함께 저마다의 추임새를 넣는
다. "김일성은 안 죽는 사람인 줄 알았는데…"

S#115. 실내. 큰 병원 입원실 — 해 질 무렵

은희, 침대에 힘없이 누워 있다. 그 가녀린 등, 그리고 목에 붙은 거대
한 흰색 반창고.

그 등으로 누군가의 손이 가닿는다.

은희, 인기척을 뒤늦게 느끼고 벌떡 일어난다.

영지다. 은희를 보고, 환하게 웃는 영지 선생님.

S# 116. 큰 병원, 복도 — 밤

복도. 전면에 달린 창으로 맞은편 병동의 불빛이 보인다. 밤의 고요. 불빛들. 맞은편 병동에서 링거병을 끌고 가는 사람의 느린 움직임. 은희와 영지는 복도 의자에 앉아 한동안 병원 풍경을 바라본다.

은희

선생님 오실 줄 몰랐어요…

영지

나 병원 오는 거 좋아해.

은희

왜요?

영지

그냥 마음이 편해. 병원에 오면.

은희

담배 필 때처럼요?

영지, 씩 웃는다. 침묵.

영지

은희

저도 이상하게 병원이 집보다 편한 것 같아요.

영지, 은희를 물끄러미 바라본다.

서늘한 침묵. 뜸을 한참 들이던 영지, 비로소 입을 뗀다.

영지

은희야.

은희

네?

영지

너 이제부터 맞지 마.

누구라도 널 때리면, 어떻게든 같이 맞서서 싸워.

영지의 그 표정에 어떤 비장한 서늘함이 있다. 여태까지 보아 오던 영
지의 얼굴과는 다른 어떤 열기.

영지

절대로 가만히 있지 마. 알았지?

은희, 이내 이해했다.

영지

약속해.

은희, 고개를 힘차게 끄덕인다. 그러더니, 새끼손가락을 내걸며 영지에게 약속 표시를 하자고 한다. 영지, 웃으며 새끼손가락을 내민다. 새끼손가락을 걸어 약속하는 두 여자. 영지, 은희가 귀여운지 웃는다.

S#117. 실내. 큰 병원, 입원실 — 밤

침대에 누워, 주황색 침대 등 불빛 아래, 이것저것 낙서를 하는 은희.

    Avec 영지 선생님, Avec 지숙, Avec 유리. ♥♥♥
    이제 혼자가 아님!!! 내겐 세 명이나 있다!
    김지완 왕재수!! 이제 너랑 끝!

S#118. 실내. 큰 병원, 입원실 — 아침

텅 빈 은희의 침대와 탁자. 은희, 이불을 가지런히 정리한다.
동료 환자 아주머니들이 은희를 배웅해 준다.

은희

안녕히 계세요.

아주머니 1

그래, 잘 가고 공부 열심히 해.

아주머니 2

아유, 의젓해라.

부모님 안 오시고, 너 혼자 가니?

은희

네… 안녕히 계세요.

은희는 환자들과 병실에서 진찰 중인 간호사들에게 연신 고맙다며 허리를 숙여 인사한다. 간호사들은 은희에게 인사하고 다시 자신들의 일로 돌아간다.

S#119. 실내. 버스 안 — 낮

버스에서 이전보다 많아진 짐을 들고, 앉아 있는 은희. 병원에서 집으로 가는 길, 햇살이 눈부시다. 길가의 나무들, 그 초록.

S#120. 실내. 은희네 집, 거실 — 낮

은희, 덜컥 소리를 내며 열쇠로 문을 연다. 금속 문고리. 문을 여니, 거실 베란다에서 따뜻한 햇살이 비쳐 온다. 집에는 아무도 없다. 은희, 부모님 방의 문을 열어 본다. 아무도 없다.

S#121. 실내. 은희네 집, 화장실 — 낮

은희, 거울 앞에서 거대한 반창고를 떼어 본다. 조심스레 천천히 떼어 낸다. 서서히 드러나는 상처 자국. 검은색 실이 온통 목 밑을 철조망처럼 덮고 있는 은희의 수술 자국. 프랑켄슈타인 얼굴 같은 그 수술의 흔적. 수술 자국 주변으로 살이 아직 발갛게 부어 있다. 반창고에는 누런 고름과 빨간약이 묻어 있다.

은희, 수술 부위를 오래도록 바라만 본다. 낯설고 아리다.

S#122. 실외. 은희네 집, 거실 — 낮

은희, 바닥에 쭈그리고 앉아, 전화 수화기에 대고 재잘댄다.

은희

배유리 안녕. 나 은희 언니인데…

나 수술 다 끝나서 집에 왔어…

은희, 취소 버튼을 누른다. 은희, 목소리를 가다듬고 재녹음을 한다.

은희

유리야, 안녕. 나 은희인데

나 퇴원했어! 우리 이번 주에 노래방 가자. 연락해.

사서함 목소리

저장은 1번, 다시 녹음하기는 2번….

은희, 명랑하게 1번을 누른다.

S#123. 실내. 은희네 집, 은희 방 — 밤

은희, 불빛에 잠에서 깨니 언니와 언니 남자친구 준태가 도란도란 이야기를 나누고 있다. 준태는 은희의 큰 반창고를 호기심 어린 눈으로 보고 있다. 오랜만에 보는 준태는 은희에게 친근하게 군다.

준태

아프지 않았어?

은희

아니요.

준태

속에 봐도 돼?

은희, 고개를 끄덕이며 반창고를 떼어 보여 준다.

준태

헉, 진짜 아팠겠다.

은희

그냥… 그랬어요.

책상에서 정리를 하고 있던 수희가 쉿 하며 주의를 준다. 은희와 준태
는 이제 침묵한다. 수희가 스탠드 램프를 끄고 바닥으로 내려온다. 은
희, 삐삐를 확인한다. 아무런 호출이 없다. 그러고는 그 둘에게 등을
보이고 잠든다. 수희와 준태는 여전히 뭐라고 속삭이고, 뒤척인다. 은
희는 익숙한 듯이 잠에 빠져든다.

S#124. 실내. 한문 학원, 교실 ― 낮

은희, 교실 문을 빠끔히 열어 본다. 영지 선생님이 없고, 다른 여자 선
생님이 책상에 앉아 있다.

은희

김영지 선생님 수업 아니에요?

새 여자 선생님

아, 내가 새로 왔는데…

은희, 무언가 이상한 느낌을 받아서 교실을 황급히 나온다.

S#125. 실내. 한문 학원, 원장실 ― 낮

원장실에서는 원장이 통화 중이다. 은희는 원장실에 노크도 없이 들어가 묻는다.

은희

영지 선생님, 어디 가셨어요?

원장은 잠깐만, 이라는 손짓을 하고 은희를 기다리게 한다. 원장이 긴 통화를 마칠 때까지 은희는 불안하다. 원장, 전화를 끊는다.

원장

김영지 선생님 그만두셨는데…

은희

네?

은희, 얼어붙은 채로 서 있다. 원장이 은희를 의아한 눈으로 본다.

은희

왜요?

원장

선생님이 짐 챙긴다고,

일요일에 온다고 했으니까 그때 물어봐.

그때 다시 전화벨이 울린다. 원장은 냉큼 전화를 받아, 친절한 목소리로 응대한다.

원장

네, 한보서예학원입니다.

은희

일요일 몇 시에요?

원장, 통화 중이라 대답을 못 한다. 은희가 대답을 기다리고 서 있자, 원장, 손으로 1시에서 2시라고 그려 보인다.

S#126. 실내. 은희네 집, 거실 — 낮

은희, 거실 바닥에 누워 천장만 바라본다. 은희 팔 아래에는 호출기가 놓여 있다. 은희, 호출기를 확인해 보지만, 아무런 호출도 없다. 은희,

이리저리 몸을 뒤척인다. 그러다, 소파 바닥에 무언가 반짝이는 것이
보인다.

은희, 그게 뭔가 유심히 본다. 그것은 빛을 받아 더 반짝거린다.

은희, 일어나서 50센티미터 자를 가져온다. 자로 그것을 꺼내려 하는
은희. 낑낑대다 겨우 그것은 자와 함께 바깥으로 나온다. 엄마가 아빠
에게 던졌던 전등갓의 깨진 유리, 그 비췻빛 조각이다.

그걸 바라보는 은희의 묘한 표정.

S#127. 실내. 은희네 집, 부엌 — 밤

식탁 위에 놓인 사진들. 사진 속에서 대훈이 서울대 정문 앞에 서 있
다. 다른 사진들은 서울대 캠퍼스 안에서 찍은 사진들.

아빠

대훈아, 서울대 너무 멋있었지?

교정이 아주 넓고 멋있어.

오늘 이렇게 기운을 받고 왔으니까

대원외고 합격하고, 3년 후엔 서울대도 합격하자.

알았지, 대훈아?

대훈, 약간 어색한 듯 웃는다. 엄마가 사진들을 흥미롭게 보고 있다. 수희와 은희는 별 관심을 보이지 않는다.

엄마

캠퍼스가 진짜 멋지네…

아빠

지금 대훈이가 아주 예민할 때니까,

우리 가족 모두가 힘을 아주 합심해서

대원외고 합격을 아주 도와야 해.

수희와 은희는 고개를 끄덕인다.

아빠

당신도 애 반찬 하나라도 더 해 주고…

대훈, 다시 밥을 먹는다. 고개를 푹 숙인 채. 엄마도 웃으며 고개를 끄덕인다.

은희

나도 봐도 돼?

대훈은 대답 없이 사진들을 은희에게 건넨다. 사진 속에서 경직된 얼굴로 웃고 있는 대훈. 뒤로 보이는 서울대 캠퍼스의 교문. 은희, 사진을 보며 중얼거린다.

은희

우리 한문 선생님도

여기 다니시는데…

대훈, 문득 은희 귀 밑에 반창고를 본다. 오빠의 시선을 느낀 은희가 대훈을 본다.

대훈과 은희, 서로를 본다. 아주 찰나.

S#128. 실내. 학원 건물 안 계단 ― 낮

계단에 쭈그리고 앉아, 영지를 기다리는 은희. 가방 앞주머니에서 영지가 준 담배를 꺼내 냄새를 맡아 본다.

S#129. 실내. 한문 학원, 서예실 로비 ― 낮

서예실 긴 책상에 앉아 있는 은희. 은희, 멍하니 의자에 등을 기대고 앉아 영지를 기다린다. 시간이 제법 흘러도 영지는 오지 않는다. 은희, 원장실로 들어간다.

S#130. 실내. 한문 학원, 원장실 ― 낮

은희, 원장실에 노크를 하고 들어온다.

은희

선생님 안 오세요?

원장은 은희를 보자마자, 난감한 표정을 짓는다.

원장

왔다 가셨는데…

은희

… 오늘 낮에 오신다고 하셨잖아요.

원장

내가 11시라고 하지 않았니?
좀 일찍 오지 그랬어.

은희

(노려보며) **그때, 2시라고 하셨어요.**

은희, 망연자실한 표정이다.

은희

선생님 삐삐 번호라도 알 수 없어요?

원장

삐삐 번호도 아예 없앤 것 같던데…

그 선생님 원래 그렇잖아.

은희

뭐가요?

원장

원래 그러셔.

잠적 잘하시고… 좀 이상하시잖아.

침묵.

은희

선생님이 자르셨어요?

원장

(기막히다는 듯이 웃으며) 그 선생님이 관두신 거야.

은희

이제 정말 다시 안 오세요?

원장

그래, 선생님 바쁘니까 이제 나가 볼래?

그 말에, 은희 한동안 말을 하지 못한다. 은희, 엄청난 적의를 갖고 원장실을 나오려다가, 문 앞에 우두커니 선다. 그리고 원장에게 다시 다가가 차갑게 말한다.

은희

시간 제대로 알려 주셨어야 했어요.

그럼, 볼 수 있었단 말이에요.

영지 선생님, 이상한 사람 아니에요.

잘 알지도 못하면서 함부로 말하지 마세요.

원장, 아이의 말에 얼어 버린 표정이다.

S# 131. 실내. 은희네 집, 은희 방 — 밤

문 앞 바닥에 쭈그리고 앉아 있는 은희. 거실 너머로 부모님의 대화 소리가 들린다.

아빠

아니, 어떻게 학원에서 쫓겨나…

왜 선생님한테 대들어서, 오죽하면 선생님이…

동네 챙피해서…

엄마

쟤가 성격이 좀 나빠서 그래.

이상해 남들하고 다르게 여자애가…

그러니까 오빠에게도 애교 하나 못 떨고 맞고…

은희, 갑자기 미친 사람처럼 소리를 지른다.

으아아아아악. 아아아아아악. 막 베개를 집어 던지고, 문에다가 머리를 부딪치고 하면서 소리를 지르고 엉엉 울어 댄다. 으아아아아아.

은희

내가 잘못한 거 아니야!!

나 성격 안 나빠! 나 성격 안 나빠!!!

나한테 이상하다고 제발 그러지 좀 마!!!!

은희는 방 안을 돌아다니며 미친 사람처럼 소리를 지른다. 은희, 동네가 떠나가라 소리를 지르고 부모님이 들어온다.

아빠

너 왜 이래!

대훈이 와서 말리면서 한마디 내뱉는다.

대훈

너 맞고 싶냐, 그만 안 해?

대훈이 때리는 시늉을 하자, 은희 바락 대든다.

은희

때리기만 해 봐 이 개새끼야.

내가 너 신고할 수도 있는데 봐주는 거야!!!!!

내가 너처럼 공부했으면 반에서 1등을 했겠다.

그렇게 과외를 하고도 8등이냐? 너가 대원외고를 참도…

대훈, 은희의 왼쪽 뺨 언저리를 매섭게 후려친다.

은희는 순간, 멍하다. 엄청난 충격을 받아 할 말을 잃은 은희. 고성은
멈췄다. 가족들 모두 얼어 있다.

아빠

대훈이 너 이 자식

아빠 앞에서 동생을 때려?

너 뭐하는 짓거리야? 어?

은희, 주저앉아 혼잣말을 한다.

은희

귀가 너무 아파…

S#132. 실내. 새서울의원, 진료실 — 낮

의사가 걱정스러운 얼굴로 은희를 보고 있다.

의사

어쩌다 고막이 찢어지게 됐니…

은희는 대답하지 않는다.

의사

혹시… 진단서가 필요하니?

은희

왜요?

의사

증거가 되니까…

은희, 대답하지 않는다.

의사

혹시 필요하면, 말하렴. 알았지?

은희

네…

의사

자, 눈 감아 보자.

원장은 은희의 귀에 기다란 면봉 같은 것을 넣어 본다. 그냥 보기만
해도 아파 보이는 뾰족한 그것.

S#133. 실내. 훼밀리떡방앗간 — 낮

은희, 엄마의 떡집으로 왔다. 종업원들이 다 퇴근한 떡집을 엄마가 홀
로 지키고 있다. 카운터 의자에 앉아 손님들을 받고 있는 엄마. 엄마
는 손님들에게 생글생글 웃으며 무척 상냥하다. 은희가 이비인후과
약 봉투를 든 채로 엄마 앞에 선다. 그러다가 아무 말 없이, 가게 안으
로 들어간다.

텅 빈 가게 안 의자에 걸터앉는 은희. 엄마, 웃으며 가게로 들어온다.

엄마

왜 왔어?

은희

나 고막 찢어졌대.

엄마

뭐?

엄마는 그 얘길 듣고, 놀라서 한참 동안 고개를 파묻고 있다.

엄마

나을 수 있대?

엄마의 너무 심각한 반응에 은희는 잠시 망설인 후, 거짓말을 한다.

은희

곧 나을 거래.

엄마

얼마나.

은희

몰라… 한 2주.

엄마

후우… 다행이네…

바깥에서 손님이 온다.

손님

아줌마, 두텁떡 얼마예요?

엄마, 반사적으로 몸을 일으켜 나간다.

엄마

네, 3500원이에요.

가게에 은희 혼자 남겨진다. 엄마의 손님 접대 소리를 듣는 은희의 얼굴. 손님은 이제 떠나고, 엄마는 문에 기대 다른 손님을 기다리며 서있다.

은희

엄마 …

엄마는 은희가 부르는 소리를 듣지 못한다.

은희

나 사랑해?

엄마가 그제야 은희가 무언가 말하고 있는 것을 눈치챈다. 가게 안으로 고개를 내밀며 엄마가 묻는다.

엄마
뭐라고?

은희, 무언가를 말하려다가 말하지 않는다. 그리고 엄마를 바라만 본다. 아무 말 없이.

S#134. 실내. 은희네 집, 은희네 방 ― 밤

은희는 잠들기 전에 오빠 방에서 나는 영어 테이프 소리를 듣는다.

영어 테이프 소리
There are many beautiful countries in the South Pacific.
Among them are Australia and New Zealand.
It takes about ten hours to get there from Korea by plane···.

언니는 피곤해서 코를 골고 자고 있고, 은희는 뜬눈으로 오빠의 테이프 소리를 듣는다. 오빠는 중간중간 따라 하기도 하며 공부를 한다. 오빠의 목소리는 마치 웅변을 하듯 자신감에 차 있다. 그러다 갑자기 테이프가 멈춘다.

잠시의 정적. 그 적막감.

불 꺼진 방. 은희, 천장만 바라보고 있다. 천장의 야광별이 이제 아주 희미하다. 그리고 다시 울려 퍼지는 영어 테이프 소리. 우렁찬 오빠의 암송 소리.

S#135. 실내. 은희네 집, 부엌 ― 새벽

가족들, 말없이 밥을 먹는다.

대훈의 자리가 비어 있다. 엄마는 분주하게 도시락을 싼다.

S#136. 실외. 중학교, 교정 앞 ― 아침 / 영화 속 9월

춘추복을 입고 홀로 등교를 하는 은희. 은희, 저 멀리서 유리의 가방을 발견한다. 때가 탄 노란색 베네통 가방.

짧은 머리의 보이시했던 그 아이는 머리를 묶었다. 겨우 기른 머리를 10개는 되는 똑딱 핀으로 고정해서 간신히 묶은 유리. 다른 사람 같다. 은희는 약간 갸우뚱하지만, 반가운 마음으로 유리에게 다가간다.

그런데 유리 옆에는 **한 남자아이**(13살)가 같이 걸어가고 있다. 둘은 어

던가 모르게 다정해 보인다. 은희는 그 기운에 눌려, 걸음을 멈춘다. 그리고 그냥 뒤를 돌아 반대 방향으로 간다.

길 중간쯤 가다 다시 뒤를 돌아본다. 유리와 남자아이는 신경도 쓰지 않은 채, 재잘거리며 걸어간다.

그 둘을 오래 바라보는 은희.

S#137. 실내. 중학교, 교실 — 낮

책상에 엎드려 있는 은희의 뒷모습. 노트에 **'너 왜 그랬어…'**, **'어떻게 된 건 지 말해 줘…'** 등의 낙서를 하고 있다.

S#138. 실외. 중학교 운동장 — 방과 후

방과 후. 아이들이 다 빠져나간 수돗가. 은희와 유리가 나란히 수돗가 에 걸터앉아 있다. 긴 침묵이 흐른다. 간헐적으로 농구하는 아이들의 함성 소리가 가늘게 들려온다. 그 침묵을 깨고 은희가 말한다.

은희

너 나 좋아한다고 했잖아.

유리

네…

은희

근데 왜 남자 사귀어?

유리는 그 질문에 차마 대답을 하지 않고 곤혹스러운 표정만 짓는다.

은희

네가 그랬잖아 나 좋다고…

그래서 나도 너랑 잘해 보려고…

네가 나 좋다고 해서…

은희는 억눌러 왔던 것을 터뜨리기 시작한다. 유리, 무언가 할 말을 고르고 있다. 긴 침묵이 다시 흐른다. 유리는 황당하다는 표정으로 겨우 답한다.

유리

언니, 그건 지난 학기잖아요.

유리의 대답에 할 말을 잃는 은희. 멍한 얼굴로 가만히 유리를 보는 은희. 아…. 그런 거였구나.

은희는 잔뜩 화가 난 표정으로 운동장을 가로지른다. 드넓은 운동장.
모래바람.

S# 139. 실외. 은희네 아파트 단지 뒷길 ― 밤

밤의 어둠 속, 아파트 뒷길을 지숙과 은희가 걷고 있다.

지숙
배유리 얘기 이제 그만하자.

은희
뭐?

지숙
오늘 우리 엄마 아빠 이혼 도장 찍었어.

은희, 놀라서 지숙을 바라본다.

지숙
나 누구랑 살지도 결정 못 했어.

은희, 이 대화를 따라오지 못하고 있다.

지숙

너 그거 알아?

어쩔 때 넌, 네 생각만 한다?

은희, 이 모든 말들에 놀라서, 그 자리에 멈춰 선다. 지숙, 은희를 돌아보고 아무렇지 않게 말한다.

지숙

왜 안 와.

야, 근데 너 반창고, 존나 생리대 같다. 하하…

지숙, 은희 쪽으로 와서, 어깨동무를 해서 끌고 간다. 은희의 복잡한 얼굴.

함께 걷는 두 소녀의 뒷모습.

1994년 10월 21일

S#140. 실내. 은희네 집, 거실 ― 새벽

푸른빛이 감도는 새벽. 은희, 여전히 자고 있다.

거실 너머로 아빠의 고함 소리가 들린다.

집안 곳곳에 그 고성이 스며든다. 가구, 문짝, 장판의 구석까지.

아빠

(V.O) 수희 너, 어젯밤에 또 어디 나갔다 왔어?
동네 창피하게… 누구랑 있었어! 말 안 해?

엄마

(V.O) 아이고, 아침부터 그만 좀 해요…

은희, 소리가 시끄러운지 이불로 얼굴을 틀어막는다.

S#141. 실외. 학교 앞 현수막 길 ― 아침

등교하는 은희의 뒷모습. 은희, 문득 멈춘다.

비닐하우스촌의 현수막들이 다 갈가리 찢겨 있다. 비닐하우스들도 여
기저기 훼손되어 있다.

  '우리는 여기서 죽어도…', '살고 싶…'

글귀의 일부만 남아 있는 현수막들. 은희는 멍하니 서서 그 광경을 바
라본다. 은희 주위로 아이들이 재잘거리며 지나간다.

S#142. 실내. 중학교 교실 ― 아침

은희가 교실 안에 들어서는데, 아이들 모두가 TV 앞에 서서 뉴스를 보고 있다. TV 속 화면에 무너진 다리가 보인다. 성수대교다. 다리에 대롱대롱 매달려 있는 버스. 반으로 댕강 잘린 다리의 적나라한 모습과 함께 아나운서의 멘트가 나온다.

아나운서 멘트

오전 7시 38분경에

성수대교 5·6번 교각 사이 상부 트러스 약 50미터가 붕괴했습니다.

사고 부분을 달리던 승합차 1대와 승용차 2대는

현수 트러스와 함께 한강으로 추락했고,

붕괴되는 지점에 걸쳐 있던 승용차 2대는 물속으로 빠졌습니다.

한성운수 소속 16번 버스는 통과 도중 뒷바퀴가 붕괴 지점에 걸쳐 있다가

차체가 뒤집혀 추락한 후, 떨어진 다리 상판에 박혀 찌그러지는 바람에

등굣길의 학생들을 비롯한 승객들이 사고를 당했습니다.

이 버스를 타고 있던 무학여고 학생들이….

무학여고라는 단어가 나오자, 은희의 얼굴이 얼어붙는다.

아이들

뭐야… 저거 진짜야?

S#143. 실내. 복도, 공중전화 ― 아침

긴 복도를 거쳐, 공중전화로 뛰어가는 은희. 눈에 눈물이 그렁그렁하
다. 수화기를 들고 전화하는 은희.

은희

아빠, 저 은희인데요.

언니가 사고당했을지도 몰라요…

언니 학교에 전화해야 돼… 언니가… 으흐흑…

은희 뒤에서 기다리고 있는 아이들은 갸우뚱해서 은희를 보고 있다.
은희, 말을 잇지 못하고 엉엉 울기만 한다.

S#144. 실내. 은희네 집, 부엌 ― 밤

엄마가 저녁 식사를 준비하고 있다. 아빠는 고개를 푹 숙이고, 식탁에
앉아 있다. 대훈도, 은희도 아무 말 없이, 눈치만 본다.

무거운 침묵.

그때, 수희가 화장실에서 문을 열고, 부엌으로 온다. 식탁에 조용히 앉
는 수희, 눈이 퉁퉁 부어 있다. 손에는 휴지가 들려 있다.

아빠

버스를 늦게 타서 살았어…

엄마

아휴, 생각도 하기 싫어…

언니는 충격에 여전히 휩싸인 채 아무 말도 못 하고 있다.

아빠

천만다행이야 … 천만다행…

그래… 아주 천만다행이었어…

엄마, 찌개를 식탁 위에 들고 와 앉는다. 엄마, 고개를 연신 주억거린다. 대훈이 갑자기 울기 시작한다. 주체하지 못하고 터져 나오는 그 울음.

그 울음에, 수희와 은희, 완전히 놀란 표정이다. 가족들 모두, 아무 말을 할 수 없다.

S#145. 실내. 은희네 집, 은희 방 — 밤

불 꺼진 방. 수희와 은희가 나란히 누워 있다. 수희가 등을 보인 채, 중얼거린다.

수희

내가 살았을 운명이었어…

은희

응?

수희

버스 타고 가는데 뉴스가 나오는 거야.

성수대교 펑크 났다고. 무슨 조그마한 구멍이 났다고…

나중에 구정중학교 앞에서

성수대교 통제한다고 다 내리세요, 하는 거야.

사람들이 웅성웅성하며 이게 무슨 일이야 하고.

다들 뉴스 듣고, TV 앞에 가서 보고…

성수대교가 무너졌다는 거야…

2호선 타려고 버스 타고 삼성동에 갔어.

학교 도착했더니 애들이 울고불고 난리가 났어.

성수대교 무너졌다고 해서 우리 집에도 연락해 보고

다들 걱정했다고 하는 거야. 친구들이… 네가 살 운명이야,

네가 좀 일찍 나왔으면 큰일 날 뻔했다고…

차라리 늦게 온 게 다행이라고, 내가 살았을 운명이라고.

아빠랑 싸우고 나와서 그래서 늦은 거였어.

아빠랑 말다툼 안 했더라면 그 버스 탔을 거야.

난 아침에도 죽고 싶다고 생각했어.

근데, 아빠가 내 생명을 살린 거야.

그 앞 버스를 놓쳤는데 그 버스가 사고 났어.

내가 살았을 운명이었어.

언니는 거듭, 자신이 살았을 운명이었다고 격앙된 목소리로 말한다.
언니는 기쁜 것인지, 슬픈 것인지 모를 표정이다.

수희, 다시 돌아누워, 탄식한다.

언니의 등을 바라보는 은희. 언니의 팔에 드리운 커다란 선홍빛 화상
상처. 일그러지고 아파 보이는. 은희, 수희의 상처에 살며시 손을 가져
다 댄다.

S#146. 실내. 은희네 집, 은희 방 — 새벽

다음 날 언니는 평소와 같이 교복을 입고 학교로 간다. 자는 척하며,
언니의 등교 준비를 훔쳐보는 은희.

언니는 방문을 열고 나가기 바로 직전, 아주 짧은 한숨을 내쉰다. 언
니의 그 옆모습. 짧은 단발머리. 잠시의 멈춤 후, 언니는 문을 열고 나
간다. 현관문이 열리는 소리가 들리고 계단으로 언니의 발걸음 소리
가 멀어져 간다.

S#147. 실외. 중학교 운동장 — 낮

은희, 운동장을 걸어 하교를 한다. 정문 앞에서 누군가 은희를 보고 있다.

지완이다.

은희와 지완, 눈이 마주친다. 지완, 은희에게 가까이 걸어온다.

지완
너희 누나 괜찮으셔?

은희
뭐?

지완
무학여고 누나들 많이 사고 나서… 걱정돼서…

은희, 조금 놀란 표정이다.

은희
우리 언닌 괜찮아.

지완, 안도한다. 지완, 은희 귀 밑의 반창고를 본다. 마음이 아프다.

지완

자국… 많이 났어?

은희

얘기 끝났으면 나 간다.

지완이 은희의 길을 재빨리 가로막는다.

지완

미안해.

은희

뭐가?

침묵.

지완

그냥 다. 내가 다 잘못했어.

은희, 지완을 물끄러미 바라본다. 무슨 말을 할까 망설이고 있다. 긴
사이.

은희

괜찮아.

일순, 지완의 표정에 안도감과 환희가 비친다.

은희

나 사실⋯

너 좋아한 적 없거든.

지완, 그 말에 다시 멍해진다. 그런 지완을 무표정하게 바라보는 은희. 은희, 지완을 지나 씩씩하게 집으로 향한다. 지완, 이번에는 은희를 잡지도 못한다. 은희, 뒤도 돌아보지 않고 걸어간다. 무언가 화가 난 사람처럼, 그리고 승리감에 도취한 채.

S#148. 실내. 은희네 집, 거실 ─ 낮

아무도 없는 집. 은희, 거실 중앙에 서서 춤을 춘다. 라디오 음악의 리듬에 맞춰, 몸을 움직이는 은희.

음악은 점점 빨라지고 격해진다. 은희는 춤에 완전히 빠져서 오징어처럼 몸을 흔든다. 잘 춘다기보다는 안쓰러운 느낌이다. 머리카락이 얼굴의 반을 덮는 은희의 춤추는 그 얼굴. 그때 딩동, 벨소리가 들린다.

S#149. 실내. 은희네 집, 현관 ― 낮

현관문을 여니, **우편배달부(20대 후반)**가 소포를 들고 서 있다. 춤을 추다가 나와 달뜬 은희의 얼굴.

CUT TO: 은희, 베란다 구석에 쪼그리고 앉아 소포를 본다.

　받는 사람. 김은희.

　보낸 사람. 김영지.

은희는 잠시 숨을 고르고, 소포를 조심스레 찢는다. 똑바로 소포를 잘 찢기 위해 무던히 노력을 하는 은희. 겨우 다 찢어서 내용물이 보인다. 보라색 편지 봉투, 은희가 영지에게 빌려준 책 두 권과 스케치북이 있다.

은희, 편지를 뜯어 읽는다. 한참을.

그리고 이제, 스케치북을 펼쳐 본다. 흰색의 고급 드로잉용 스케치북. 은희, 스케치북의 종이 표면을 손으로 사르르 만져 본다. 종이의 감촉.

S#150. 실내. 은희네 집, 은희 방 ― 밤

은희, 흰 종이에 편지를 쓴다. 방에는 주황색 스탠드 불빛만이 옅게

비친다.

선생님,

잘 지내세요?

스케치북 정말 감사드려요.

나중에 만화를 그리면 꼭 선생님 캐릭터를 넣을 거예요.

선생님은 머리가 짧고, 안경을 낀 괴짜 캐릭터로 나올 거예요.

제 예감에 독자들은 선생님을 많이 좋아할 것 같아요.

사람들이 외로울 때

제 만화를 보고 힘을 얻었으면 좋겠어요.

잠시 멈춤. 다시 써 내려가기 시작한다.

··· .

선생님, 제 삶도 언젠가 빛이 날까요?

S# 151. 실내. 버스 안 — 낮

흔들리는 버스의 소음. 떡이 한가득 담긴 분홍색 보자기. 은희, 앉은
자리 옆에 떡을 놓은 채 어디론가 향하고 있다. 버스가 흔들릴 때마다
은희는 떡이 든 봉지가 흐트러지지 않게 손으로 단단히 잡고 있다.

S#152. 실외. 성남 모란시장 골목 ― 낮

시장통을 지나, 사람들에게 주소를 묻고 있는 은희.

S#153. 실외. 주택 앞 ― 낮

은희, 어떤 주택의 벨을 누른다. **중년 여성**(40대 후반)이 문을 열고 나온다.

은희

안녕하세요.

김영지 선생님 계세요…

중년의 여자는 너무 놀라서, 한동안 말을 하지 못한다.

중년 여성

… 누구니?

은희, 중년 여성의 반응에 점점 뭔가 이상함을 눈치챈다.

은희

영지 선생님 한문 학원 제자인데요.

안 계시면 이 편지만이라도 전해 주실 수 있나요?

제가 너무 갑자기 찾아와서 죄송해요.

은희, 예쁜 캐릭터가 그려진 편지지를 건넨다. 중년 여성, 무슨 말인가 하려다가 말을 하지 못한다. 한참을 망설이다가, 떨리는 목소리로 말한다.

중년 여성
여기 주소는 어떻게 알았니?

은희
선생님에게 소포가 와서
그 주소를 보고 찾아왔어요⋯

중년 여성
영지한테서?

은희
네⋯

중년 여성
영지가 뭘 보냈니?

은희
제가 빌러드린 책이랑, 선물을 하나 주셨어요.

중년 여성

어떤 선물…?

은희

스케치북이요.

중년 여성은 이제 점점 더 숨이 가빠진다.

중년 여성

… 소포가… 언제 왔니?

은희

어제요.

중년 여성은 어제라는 말을 듣고, 눈빛이 흔들린다. 하지만, 어떤 기이한 차분함으로 말을 이어 나간다.

중년 여성

우리 영지 근데… 이제는 없는데…

그 말을 마치고, 갑자기 고개를 떨구고 우는 중년 여성. 그 흐느낌을 바라만 보는 은희.

중년 여성

어떻게 다리가 무너질까… 안 그러니.

그렇게 큰 다리가 어떻게 무너질까.

은희, 이제 무슨 일이 일어났는지 안다. 은희, 창백한 얼굴로 중년 여성의 어깨가 들썩이는 그 모습을 본다.

S#154. 거실. 영지의 집 — 낮

아까의 중년 여성, 영지의 엄마가 2층의 다락방을 가리킨다.

은희, 부은 눈의 영지 엄마와 잠시 눈이 마주친다. 은희, 허리를 숙여 조아리며 감사를 표한다. 그리고 2층으로 총총히 올라간다.

S#155. 실내. 영지의 방 — 낮

은희, 조용히 방문을 닫는다. 작고 허름하지만 정갈한 방. 햇볕이 따뜻하게 들어온다.

은희, 세상 구경이라도 하듯이 방을 찬찬히 둘러본다. 나무 옷장에 사진 하나가 붙어 있다. 영지가 바람결에 눈을 감고 웃고 있는 사진이다. 뒤로는 바닷가 풍경이 보인다. 그 사진을 넋을 놓고 바라보는 은희.

은희, 침대에 천천히 앉는다. 뭐 하나라도 흐트러질까 조심하며. 오래된 침대가 끼익하고 소리를 낸다.

우두커니 앉아 있던 은희, 문득 손가락을 하나둘 움직여 보인다. 스르르 움직이는 은희의 작고 여린 손. 은희, 손가락을 하나, 둘, 셋 움직여 보인다. 천천히, 마치 손가락을 처음 구경하듯이.

창문 너머로 가늘게 들리는 새들의 노랫소리, 피아노 소리. 한낮의 고요.

S#156. 실내. 은희네 집, 은희 방 ─ 밤

은희, 웅크려서 잠을 자고 있다. 이마에 식은땀이 가득하다. 인기척에 눈을 갑자기 뜨니, 엄마가 방구석에 앉아 은희를 물끄러미 보고 있다.

은희

뭐해… 놀랐잖아.

은희, 엄마의 시선이 부담스러워 등을 보이고 눕는다. 그런 은희를 유심히 바라보는 엄마.

엄마

무슨 일 있어?

은희, 대답하지 않는다.

엄마

너 김지완인지 뭔지 하는 남자애 때문에 그러지?

그러게 엄마가 남자랑은 친구로 지내라고 했잖아.

너무 좋아하면 네가 상처받아. 바보야.

엄마의 말들을 듣고만 있는 은희의 얼굴.

은희

엄마, 나 너무 배고파.

S#157. 실내. 은희의 집, 부엌 ㅡ 시간 경과

지글지글 소리와 함께, 엄마가 감자전을 굽고 있다. 노릇노릇한 색이
무척 맛있어 보인다. 은희는 잠이 덜 깬 눈으로 식탁에 반쯤 엎드려서
엄마의 뒷모습을 보고 있다. 식탁에는 은희가 영지에게 주려던 떡 보
자기가 놓여 있다.

엄마

떡 왜 도로 가져왔어?

지숙이가 안 먹는대?

은희, 대답하지 않는다.

> 은희
>
> 엄마…

> 엄마
>
> 응?

> 은희
>
> 엄마, 외삼촌 보고 싶어?

긴 침묵. 엄마, 뒷모습을 보인 채로 답한다.

> 엄마
>
> … 그냥 이상해.

> 은희
>
> 뭐가?

> 엄마
>
> 너네 외삼촌이 이제 없다는 게.

엄마, 모든 행동을 멈추고 말이 없다. 그러기를 잠시. 엄마, 가스레인지 불을 끄고, 접시 가득 감자전을 담아 온다. 모락모락 김이 나는 감자전. 은희, 기력을 찾아 감자전을 호호 불어 가며 맛있게 먹는다.

은희가 먹는 모습을 바라보는 엄마. 묘한 따스함.

S#158. 실내. 터널 — 밤

주황빛 불빛이 가득한 터널 안. 차 앞자리에서 준태가 운전을 하고, 수희가 보조석에 타 있다. 뒷좌석에 은희가 약간 긴장된, 설레는 표정으로 창문 밖 풍경을 보고 있다. 터널의 불빛들. 차의 움직임. 차는 빠른 속도로 터널 안을 통과한다.

성수대교라고 쓰인 이정표.

S#159. 실외. 무너진 성수대교 앞 도로 — 밤

무너진 다리를 바라보고 있는 셋.

강물은 너무나도 짙게 검다. 아무것도 보이지 않는다.

세 사람은 아무 말 없이 몰아치는 바람 속에 무너진 다리를 바라본다. 뒤로 차들이 지나간다. 밤은 춥고 바람이 세차다. 은희의 볼이 발갛다.

은희, 눈을 감고 기도를 한다. 수희는 다리를 보느라 넋이 빠져 은희가 하는 일을 신경 쓰지 않는다. 은희, 눈을 뜨지 않고 계속 기도한다.

침묵. 신이 찾아오는 조용한 순간. 차들이 지나가는 소리. 바람 소리.

은희, 그러다 갑자기 엉엉 울기 시작한다. 짐승처럼 목 놓아 운다. 그 울음에 수희와 준태는 놀라고, 수희도 훌쩍훌쩍 따라 운다. 그런 수희를 준태가 달랜다. 강물을 보며 엉엉 우는 두 자매와 준태.

어둠 속에서 강물이 계속 흐른다. 도시의 빛들이 반사된 강물.

S#160. 실내. 은희네 집, 은희 방 — 새벽

불 꺼진 어두운 밤. 나란히 누워 있는 두 자매. 희미한 야광별.

은희

언니, 야광별이 다 죽었어.

수희

새거 붙이자.

은희, 대답 없이 언니의 등에 바짝 기대어 잔다.

S#161. 실내. 은희네 집, 부엌 ― 아침

엄마가 수학여행을 가는 은희를 위해 김밥을 말고 있다. 색색의 김밥 재료들이 먹음직스러워 보인다. 다 만 김밥에 참기름 칠을 하고, 뜨거운 보온병에 된장국을 조심스레 담는 엄마의 손. 엄마는 다 준비한 도시락을 은희에게 건넨다.

은희

고마워.

엄마는 분주히 뒷정리를 하면서 대답한다.

엄마

응…

가족들이 둘러앉아 아침을 먹는다.

아빠

수희, 너 빨리 먹고 가라.

은희는 경주 도착하면 전화하고.

언니는 졸린 눈으로 남은 김밥을 먹는다. 오빠는 밥을 먹으며, 자꾸 벽에 걸린 시계를 들여다본다. 다들 말없이 밥을 먹는다. 식탁 가장자리에 놓은 된장찌개에서 모락모락 김이 나고, 아침 햇살이 창문 너머로 들어온다.

S#162. 실내. 은희네 아파트 엘리베이터 — 아침

엘리베이터를 기다리는 은희. 대훈이 교복에 슬리퍼만 신은 채로 걸어온다. 은희, 의아하게 바라본다. 대훈, 어색하게 서서 은희에게 만원짜리 지폐를 건넨다.

대훈
가서 용돈 써.
이상한 기념품 사지 말고.

은희, 대훈의 용돈에 너무 놀라 피식 웃는다. 대훈, 은희의 대답도 듣지 않고 다시 집으로 들어간다. 은희, 그런 대훈의 뒷모습을 바라만 본다. 그리고 꼬깃한 그 돈을 본다.

S#163. 실외. 중학교 운동장 — 아침

운동장에 모여 있는 학생들. 정차된 고속버스 앞에서 베토벤이 아이들을 챙기고 있다.

운동장에 서서, 그 모습을 바라보는 은희.

그 얼굴에서, FLASHBACK: 영지의 편지를 읽고 있는 은희. 보라색 편지지에 또박또박 써진 영지의 글.

영지

(V.O) 어떻게 사는 것이 맞을까.

어느 날 알 것 같다가도, 정말 모르겠어.

다시 현재: 수학여행 날의 들뜸으로 가득한 아이들의 소란함.

베토벤

출석 체크한다. 구세미! 김혜령!

베토벤이 아이들의 이름을 부를 때마다 네, 하고 대답한다.

베토벤

김은희!

은희

네.

영지

(V.O) **다만 나쁜 일들이 닥치면서도, 기쁜 일들이 함께한다는 것.**

우리는 늘 누군가를 만나 무언가를 나눈다는 것.

베토벤

자, 모두 다 있는 거지?

아이들은 네, 하고 대답하고, 버스 안으로 흩어져 들어간다. 은희 옆으로 아이들이 하나둘, 스쳐 간다. 학생들의 재잘거림이 사라질 때까지도, 은희는 서서 생각에 잠겨 있다.

영지

(V.O) 세상은 참 신기하고 아름답다.

학원을 그만둬서 미안해. 방학 끝나면 연락할게.

그때 만나면, 모두 다 이야기해 줄게.

은희는 혼잣말로 읊조린다. 옅은 미소를 띠며,

은희

네, 모두 다 있어요.

암전.

House of Hummingbird

그때의
은희들에게

|

최은영

아직도 꿈을 꾸면 학교가 나온다. 교복을 입었던 중학교, 고등학교 시절 학교의 모습이다. 나는 길고 어두운 복도에 서서 무언가를 두려워하고 있다. 정신적으로 불안정하고, 더 정확히는 슬프고 화가 날 때 학교 꿈을 꾸는 것 같다.

은희와 나는 비슷한 시기에 중학교를 다녔다. 나는 은희의 시선으로 나의 중학생 시절을 떠올렸고, 영화를 보다 눈을 감아 버리고 싶을 정도로 피하고 싶은 기억들과도 마주했다. 은희가 단짝 친구와 건물 난간에 서서 서로 오빠에게 맞았던 경험을 아무렇지 않게 주고받을 때, 내게 그런 이야기를 웃으며 하던 친구의 얼굴이 떠오르기도 했다. 그때는 아주 가까웠던 친구였지만 이제는 소식조차 모르는 친구의 얼굴이.

말투가 '불손하다'라는 이유로 내가 남자 교사에게 맞아서 기절했을 때, 좋아하는 친구가 갑자기 나를 차갑게 대했을 때, 술을 마시고 들어온 아빠가 자신의 분노를 아무 죄도 없는 내게 쏟아 냈을 때, 교실 창가에 앉아서 내가 앞으로도 영영 사랑받을 수 없으리라고 예감했을 때, 어린 나의 고통은 어른이 된 나의 고통에 비해 조금도 사소하지 않았고 오히려 더 생생했다.

어른이 된 나는 이제 안다. 고통은 파도처럼 마음에 들이쳤다가 빠져나가기를 반복한다. 쉴 없이 마음으로 들어와서 자국을 내고, 다시 물러나는 것처럼 보였다가도 돌아온다. 나의 잘못 때문인 경우도 있지만, 잘못하지 않았는데도, 노력했는데도, 잘해 보려고 했는데도 겪어야 하는 상처들이 있다. 어른이 된 나는 상처받으면서도 내가 나대로 살아갈 수 있다는 사실을 알고 있다. 내게는 어느 정도의 힘이 있고, 내 힘으로만 감당할 수 없는 일이 있다면 전문가의 도움도 받을 수 있고, 용기를 내어 목소리를 낸다면 누군가는 나를 도와주리라는 믿음도 있다. 그러나 은희 시절의 나는 다르게 생각했다. 상처는 회복되지 않을 것만 같았고, 내가 누구에게도 맞설 수 없을 정도로 약하게 느껴졌으며, 나에 대한 사람들의 반응이 곧 나 자신의 가치로 여겨져서 작은 일들에도 쉽게 다쳤다. 그건 사소한 일들이 아니었다.

오빠에게 맞을 때 무슨 기분이 드냐는 영지 선생님의 질문에 은희는 말한다. "그냥 빨리 끝났으면 좋겠다고 생각하고 기다려요. 대들면 더 때려요." 은희라고 맞서지 않았을까. 적극적으로 자신을 방어하지 않았을까. 그러나 아무리 노력해도 소용없다는 것을 알게 된 은희가 할 수 있는 선택은 그저 맞으며 그 시간이 지나가기를 기다리는 것뿐이다. 용기를 내어 부모에게 오빠가 자신을 때렸다고 말해도 부모는 오빠를 꾸짖기는커녕 "싸우지 좀 마"라고 말하며 일방적인 폭력을 사소한 갈등 수준의 문제로 축소한다. 자신의 편에 서서 폭력을 휘두르는 오빠를 말려 주는 어른이 은희에게는 없다. 그런 은희가 자기 자신을 사랑하기는 얼마나 힘든 일일까.

Love yourself. 너 자신을 사랑하라는 말이 범람하는 세상이지만, 자신에 대한 태도는 많은 경우 자신을 대했던 주변 사람들이나 세상의

그때의 은희들에게

태도를 닮기 마련이다. 많이 아팠니? 얼마나 억울하고 힘들었니? 하고 자신의 이야기를 들어 주는 어른들이 있었다면 은희 또한 자신이 존중받아야 할 사람이라는 것을 자연스레 알아 갈 수 있었을 것이다. 그러나 은희의 목소리는 누구에게도 들리지 않는다. 목소리가 지워진 사람, 공감받을 수 없는 사람이 자신을 존중하고 심지어 사랑하기까지 할 수 있을까. 아니면 자신은 함부로 다루어져도 어쩔 수 없다고 체념하게 될까.

어른들은 은희에게 말한다. 착하게 행동해, 날라리가 되지 마. 나는 남자아이에게 '착함'이라는 가치가 여자아이만큼 요구되는 모습을 보지 못했다. '아이스께끼'라는 이름으로, '브라자 튕기기'라는 이름으로 여자아이를 괴롭히는 남자아이에게 베풀어졌던 숱한 '관용'이 기억날 뿐이다. 남자애들이 그렇지. 남자애들은 원래 그런 거야. 다 장난이야. 어른들은 남자아이의 아주 적극적인 수준의 가학성도 용인하면서, 여자아이가 자기 의견을 정정당당하게 표현하는 것만으로도 '성격이 이상한 애'라고 규정짓곤 했다.

은희와 내가 요구받았던 착함은 수동성이었던 것 같다. 누가 널 때려도, 부당하게 대해도, 맞서지도 싸우지도 말고 그저 참고 삭이고 너의 감정이나 생각을 '거칠게' 표현해서는 안 된다는 메시지가 '착함'이라는 규율로 여자아이들에게 강요되었다. 너 참 예쁘다, 너 참 착하다. 여자아이를 향한 이런 칭찬은 결국 여자아이를 수동적인 대상으로 고정하는 말이라고 생각한다. 넌 네 의견을 잘 표현하는구나, 부당한 일에 맞서 싸울 줄 아는 용기가 있구나, 네 감정에 솔직해서 좋다 같은 칭찬을 받아 본 여자아이가 몇이나 될까. 우리가 어린 시절부터 예쁘다, 착하다 같은 말 대신 우리 자신 그대로 수용되는 경험을 하고, 우리의 개성을 그대로 인정받았다면 어른이 된 이후의 삶이 얼마나 달라졌을까.

나는 영지 선생님이 은희를 바라보며 낮은 목소리로 천천히 이야기하는 장면에서 이상하게도 눈물이 났다. 있는 그대로의 나를 받아주고, 나에게 집중해 주는 사람의 눈빛을 어린 내가 얼마나 목말라했었는지 깨달았다. 나를 좀 봐 줘. 은희 시절의 나는 간절하게 마음으로 말했다. 내게 관심을 좀 줘. 나는 예쁘지도 특별하지도 않았다. 도수 높은 안경을 쓰고 언젠가 키가 커질 때를 대비해 헐렁하고 큰 교복을 입고 다니던, 주머니에 손을 넣고 늘 땅바닥을 보고 다니던 내게 관심을 기울여 주던 사람은 없었다. 어른들은 항상 바빴고, 나는 또래 아이들에게도 별다른 인기가 없었다.

가끔 발작처럼 화를 내거나 눈물을 터뜨리기라도 하면 '쟤는 성격이 왜 저럴까, 앞으로 사회생활을 제대로 할 수 있을까' 하는 어른들의 근심 섞인 충고만을 들었을 뿐이다. 겨우겨우 참았던 감정이 내 통제를 벗어나 그렇게 분출되고 난 뒤에는 언제나처럼 자기혐오가 밀려왔다. 아무도 제대로 받아 주지 않는 감정은 언제나 추하게 느껴졌으니까. 그럴 때 영지 선생님 같은 누군가가 내게 다가와 은희를 바라보듯 나를 그저 잠시라도 바라봐 주었다면, 내 이름을 그렇게 다정하게 불러 주었다면 나는 그 사람을 영원히 잊지 못했을 것이다.

고통은 언제 고통이 되나. 누군가의 시선으로, 공감으로 고통은 고통이 된다. 일방적으로 폭행을 당했는데도 '싸우지 좀 마'라는 말을 들어야 할 때, 은희의 고통은 고통이 아니라 어린아이의 철없는 칭얼거림이 된다. '싸우지 좀 마'라는 말에는 '오빠라면 여동생을 때릴 수 있다'라는 승인이, '여자애는 남자가 때려도 참아야 한다'라는 주문이

그때의 은희들에게

들어 있다. 이런 사회에서 자란 많은 여성은 자신이 느끼는 고통의 진위를 의심한다. 아파도 자신이 아픈 것이 맞는지 검열하고, 분명히 부당한 일을 당해도 자신이 '예민해서'가 아닌지 확인하고 확인한다. 여성의 고통을 고통이라고 언어화하지 않는 상황에서 고통받았다는 사실을 스스로 이해하기도 어려운 경우가 얼마나 많은가.

영지 선생님의 눈빛을 통해서 은희의 고통은 비로소 고통으로 이해받는다. "은희야. 너 이제 맞지 마." 지금껏 은희에게 그런 말을 해준 사람은 없었다. 맞지 말라는 그 단순한 한마디가 왜 이렇게 마음을 아프게 하는 걸까. 맞지 마,라는 말은 '넌 맞아도 돼'라는 무심하고 잔인한 어른들의 세계를 돌아보게 한다. 그 말은 은희의 시절을 거친 여자에게서만 나올 수 있는 말이기도 하다. "누구라도 널 때리면 어떻게든 맞서 싸워." 나는 은희에게 그 말을 하는 영지 선생님의 표정을 보고 목소리를 들으며 그 말이 영지 선생님 자신의 다짐이기도 하다고 느꼈다. 은희에게는 한없이 커 보이는 영지 선생님이지만 그녀 또한 20대의 젊은 여성이다.

은희의 엄마, 언니, 단짝 친구…… 이 영화에 나오는 여성들은 내가 자라며 만났던 '평범한 여자들'의 모습을 닮았다. 남자 형제의 진학을 위해서 학업을 포기하고 어린 시절부터 일해야 했던 여자들, 남편과 똑같이 경제활동을 하면서도 가사 노동과 육아는 온전히 자신의 몫으로 소화해야 하는 여자들, 남자 가족 구성원에게 학대당하며 살아가는 여자들, "나는 아무것도 잘하는 게 없어"라고 속삭이며 자신의 가치를 회의하는 여자들, 웃음을 잃고 가장 가까운 사람에게 공감하기조차 어려울 정도로 자신의 삶에 지친 여자들. 이런 사회의 여성들이 자신을 좋아할 수 있을까. 미소지니misogyny의 세계를 사는 여성에게

'자신을 사랑해야 한다'라는 격언은 너무도 무겁고 어렵게 다가온다.

"자기가 싫어진 적이 있으세요?"라는 은희의 질문에 영지 선생님은 "많아. 아주 많아"라고 대답한다. "그렇게 좋은 대학에 가셨는데요?"라고 다시 묻는 은희에게 영지 선생님은 이렇게 답한다. "자기를 좋아하기까지는 시간이 좀 걸리는 것 같아. 나는 내가 싫어질 때 그냥 그 마음을 들여다보려고 해. 이런 마음들이 있구나. 나는 지금 나를 사랑할 수가 없구나."

영지 선생님이 자기 자신이 싫었던 때가 아주 많았다고 말하는 순간, 은희는 진심 어린 공감을 받게 된다. 사람은 자신을 싫어할 수 있으며, 그건 단죄하거나 혐오할 일이 아니라고. 그건 그저 자연스러운 마음일 뿐이라고. 그리고 그래도 된다고. 진심 어린 공감은 사람을 자유롭게 한다. 따져 묻지 않고, 판단하지 않고, 함께 느껴 주는 태도는 아픈 사람을 자신만의 두려움에서 자유롭게 한다. 마음은 단죄의 대상이 아니다. 비록 그늘지고 아픈 마음이더라도 그 마음을 박해할 필요도, 부정할 필요도 없다. 그렇게 되지 않는데 억지로 자신을 사랑하려고 애쓰지 않아도 된다. 그래도 된다.

은희의 시기를 살며 나는 어떤 말들을 들었나. 바르게 살아라, 좋은 대학에 가라, 어른들 말씀 잘 들어라, 단정해라, 몸 간수 잘해라……. 불안과 두려움에 두 발을 딛고 선 나의 삶은 언제나 지금이 아니라 미래에 있었다. 지금은 미래에 투자하기 위한 자원이었고, 현재의 고통은 부정되거나 사소한 일로 취급되었다. "노래방 대신 서울대 가자"라는 영화 속 담임의 말을 비웃을 수만은 없었던 건, 내게도 은희의 시절이 비인간성을 강요받았던 시절이었기 때문이다. 연애하고, 웃고, 떠들고, 노래 부르는 모든 인간다운 행동들로 도리어 비난받아야

했던 시간, 인간으로서의 나의 감정과 욕구에 집중하는 것이 단죄되
던 시절이 떠올랐기 때문이다.

"힘들고 우울할 땐 손가락을 봐. 그리고 한 손가락 한 손가락 움직여.
그럼 참 신비롭게 느껴진다. 아무것도 못 할 것 같은데 손가락은 움직
일 수 있어."

그녀는 은희에게 그런 순간들과 맞서 싸우라고, 긍정적으로 살라
고 함부로 충고하지 않는다. 자신에게도 힘들고 우울한 순간이 있다
고, 아무것도 못 할 것 같을 때가 있다고 고백할 뿐이다. 영화에서는
구체적으로 나타나지 않지만, 영지 선생님 또한 깊이 상처받은 사람
이라는 것을 나는 그녀의 말을 듣고, 표정을 보고 이해할 수 있었다.
영지 선생님이 깊이 상처받은 사람이어서 은희의 상처를 볼 수 있었
던 걸까. 그러나 나는 깊이 상처받은 사람만이 상처를 이해하고 위로
할 수 있다는 말을 하고 싶지는 않다. 인간은 신기한 존재여서 같은
상처를 받은 사람이 오히려 타인의 상처에 무감하고 더 잔인해질 수
도 있는 법이니까.
　한국 사회에는 상처를 미화하는 문화가 있다. 상처받은 사람이 상
처를 '극복'하고 강해지는 서사를 환영한다. 그러나 정말 그런가. 상
처는 언제나 사람에게 좋은가. 사람으로 살면서 받을 수밖에 없는 상
처가 있겠지만, 받지 않아도 될 상처는 최대한 받지 않는 편이 더 좋
지 않나. 상처를 미화하는 문화는 가해자에게 언제나 얼마간의 정당
성을 주는 것 같다. 내가 너를 사랑해서 그런 거야. 정말 그런가. 인간
은 상처가 아니라 사랑을 통해서만 성장한다. 사랑은 상처가 상처로

만 머물게 하지 않고, 인간을 상처 속에 매몰되어 자신에게나 타인에게나 무감한 사람으로 변하도록 두지 않는다. 은희는 영지 선생님과의 만남을 통과하며 사랑받아 성장했다. 함부로 대우받아 성장한 것이 아니라.

영지 선생님에게 보낸 편지에서 은희는 이렇게 말한다. "사람들이 외로울 때 제 만화를 보고 힘을 냈으면 좋겠어요. 제 삶도 언젠가 빛이 날까요?" 나도 어린 시절 은희와 같은 생각을 했다. 외로운 사람들이 내 글을 읽고 덜 외로워졌으면 좋겠다고. 얼마 전 읽었던 엘리자베스 스트라우트의 『내 이름은 루시 바턴』이라는 책에서 어린 루시도 그런 다짐을 한다. 자신은 앞으로 책을 쓸 것이고, 그 책을 읽는 사람들이 덜 외로워졌으면 좋겠다고. 우리는 왜 이런 생각을 했을까. 모두 외롭고 어린 여자아이였던 우리는 왜 허구의 세계를 만들어서 자신이 알지도 못하는 외로운 사람들의 마음에 가닿고자 했을까.

영지 선생님도 은희를 그런 마음으로 마주했을 것이다. 은희가 덜 외로워지기를 바라는 마음. 영지 선생님이 눈빛으로, 함께 있어 주는 시간으로, 자신의 마음을 열어 주는 방식으로 은희에게 다가갔던 것처럼, 그 빛을 받은 은희 또한 영지 선생님 같은 사람이 되고 싶었는지도 모른다. 위로받고 싶었던 사람들이 위로하는 것처럼, 외로웠던 사람들이 외로운 사람들의 마음에 다가가고 싶어 하는 것처럼.

나는 언제나 소설 쓰기가 깊은 애도의 과정이라고 생각했다. 처리하지 않았던 슬픔을 다시 한 번 깊이 느끼며 소화하는 일이라고. 그리고 그 마음이 글을 읽는 사람의 마음속 기억을 끌어내 어떤 애도를 가능하게 할지도 모르리라 희망했다. 〈벌새〉는 내게 그런 영화였다. 붕괴된 성수대교로 찾아가 그 모습을 두 눈으로 바라보는 은희를 보며,

그때의 은희들에게

나는 은희와 동시대를 살아갔던 그때의 우리가 우리의 시간을 애도할 수 있는 영화를 비로소 만났다고 생각했다. 수많은 은희들에게 이 영화는 결코 잊힐 수 없는 애도의 기억이 될 것이다.

최은영
1984년 경기 광명에서 태어나 고려대 국문과에서 공부했다. 2013년 『작가세계』 신인상에 중편소설이 당선되면서 작품 활동을 시작했다. 소설집 『쇼코의 미소』, 『내게 무해한 사람』이 있다. 허균문학작가상, 김준성문학상, 이해조소설문학상, 한국일보문학상, 제5회, 제8회 젊은작가상을 수상했다.

House of Hummingbird

영지,
우리가 잃어버린
얼굴

|

남
다
은

〈벌새〉의 후반부에는 다소 의아한 대목이 두 번 나온다. 하나는 은희가 한문 선생님 영지로부터 온 소포를 열어 보는 장면이다. 스케치북이 담긴 박스에는 영지가 은희에게 쓴 쪽지가 동봉되어 있는데, 어쩐 일인지 영화는 쪽지에 무엇이 적혀 있는지 공개하지 않는다. 대신 바로 다음 장면에서 은희는 영지에게 보낼 답장을 쓰는 중이고, 그 내용이 은희의 내레이션으로 흐른다. 은희에게 별다른 말도 없이 학원을 떠난 영지는 편지에 어떤 이야기를 썼을까. 다른 하나는 은희가 답장을 들고 영지의 집에 직접 찾아가는 장면이다. 검은 옷을 입은 영지의 엄마가 대문을 열고 나와 은희와 영지의 관계를 이상하게도 꼬치꼬치 묻더니 이내 눈물을 머금고 탄식한다. "그 큰 다리가 그렇게 무너질 줄 누가 알았겠니." 영지는 성수대교 붕괴로 목숨을 잃은 것이다. 그러나 하필이면 왜, 영화 속 다른 인물들을 비켜 간 그 사고를 영지는 피하지 못한 것일까.

이 두 대목과 관련해 우리가 뒤늦게 알게 되는 사실은 이런 것들이다. 영지가 보낸 소포가 은희에게 도착한 때는 그가 이미 죽은 후이며, 따라서 은희의 답장은 끝내 영지에게 전해지지 못한다. 영지가 쓴 쪽지의 내용은 그의 죽음이 알려진 뒤, 결말에서 수학여행을 가는 은희의 현재에 목소리로 삽입된다. 육체는 죽었지만 목소리는 살아 있다. 어처구니없는 사건으로 목숨을 잃은 존재에게서 삶의 충만함을 말하는 음성이 흘러나온다. 단지 영지와 은희에게 닥친 불운이나 안타까운 어긋남으로 지나치고 말기에는 이 후반부를 작동시키는 영화의 의식적인 설정(왜 영지는 성수대교 붕괴라는 거대한 사건으로 죽어야 하는가)과 선택(왜 영지의 목소리를 영화의 끝에서야 불러오는가)에 생각이 고인다. 그 생각은 김영지라는 인물이 영화 전반에 불러일으키는 상념이나 의문과도 이어진다. 은희의 세계에 가장 큰 영향을 주는 영지는 다른 인물들에 비해 내내 모호한 상태로 머물다 느닷없는 방식으로 퇴장하는 존재다.

물론 영지의 죽음 자체를, 혹은 이 세계에 죽음이란 사건이 출현한다는 사실 자체를 충격적이라고 말하긴 어렵다. 〈벌새〉에는 죽음의 그림자가 만연하고 죽음충동의 얼룩이 곳곳에 들러붙어 있다. 요컨대, 삼촌의 갑작스럽고도 짧은 방문과 죽음의 소식만을 지칭하는 게 아니다. 친척의 실제 죽음만큼이나, 아니, 어쩌면 그보다 더 끔찍하게 죽음이라는 단어가 부유하는 장면도 있다. 어느 날 은희의 단짝인 지숙이 오빠에게 맞은 상처를 가리기 위해 마스크를 쓰고 나타난다. 그는 심드렁하게 묻는다. "니네 오빠는 어떻게 때리냐?" 은희는 이 무시무시한 물음의 답으로 오빠에게 복수하는 최적의 방법에 대한 자신의 은밀한 상상을 꺼내 놓는다. 요지는 이렇다. '오빠의 폭력 때문에 죽는다는 유서를 쓰고 자살한다. 오빠가 죄책감을 느끼는 장면을 보기 위해서는 바로 저승으로 떠나면 안 되고, 하루 정도는 유령이 되어서 가족들의 반응을 지켜보아야 한다. 그 모습은 상상만 해도 후련하다.' 일상적인 폭력에 대한 두 소녀의 관성과 체념, 그럼에도 불구하고 숨

길 수 없는 분노가 꾹꾹 눌러 담긴 이 순간은 〈벌새〉를 통틀어 가장 무서운 장면이라고 말해도 될 것이다.

은희가 귀 뒤에 생긴 혹 때문에 몇 차례 혼자 병원을 다니다, 침샘 종양 진단을 받고 수술을 위해 아예 병원에 입원하는 장면도 비슷한 맥락에서 이야기해 볼 수 있다. 은희는 부모의 간호도 없이 그 과정을 홀로 겪지만, 병실에 입원한 다른 환자들 사이에서 어느 때보다 안정돼 보이고, 자신의 입으로도 이 상황이 집에 있을 때보다 편안함을 준다고 말한다. 은희에게 죽음 혹은 병에 대한 두려움은 단지 공포만이 아니라 내적 평온 또한 동반하는 것처럼 보인다. 평소 가족들에게 군림하는 아버지도 은희의 병을 듣고 울음을 터뜨리지만 은희는 눈물 한 방울 흘리지 않고 그런 아버지를 멀뚱하게 쳐다볼 뿐이다.

무엇보다도 은희가 흠모하는 영지의 존재감이 죽음의 기운과 밀접하다. 영화가 영지의 전사前史를 직접적으로 세세하게 밝히지 않으므로 그는 얼마간 비밀에 쌓인 인물로 체감된다. 그런 의미에서 우리는 그가 누구인지 제대로 알지 못하면서도 한편으로는 쉽게 파악하게 된다. 이 모순된 말은 어떻게 가능한가. 김영지에 대해서 우리가 추정할 수 있는 것들이 있다. 그는 명문대(은희의 입을 통해 서울대라는 사실이 언급된다) 학생이지만 오랫동안 휴학생 신분으로 살고 있으며, 지금은 잠시 한문 학원에서 아르바이트를 하고 있다. 학생운동과 아마도 한때 공장에 위장취업을 했던 경험, 그리고 페미니즘적인 각성이 지금의 영지를 만들었을 것이다. 그의 서재에 꽂힌 책들의 제목, 그가 부르는 노래, 그가 은희에게 건네는 생각들이 이런 사실을 비교적 명확히 일러 준다. 영지는 1994년 중학교 2학년생의 눈에는 급진적이고 낯선 존재로 보였겠지만, 2019년의 관객인 우리에게는 한국 사회의 역사 안에서 범주화 가능한 인물로 이해된다. 그가 놓인 삶의 조건, 거기서 비롯된 가치관과 태도 같은 것은 어떤 전형에 따른 면모들로 읽힌다.

하지만 영지라는 인물의 흥미로움은 그런 범주나 전형의 테두리로 읽히지 않는 지점들에서 기인한다. 그 지점들은 대체로 모호한 상태로 지나가 버리며 그럼으로써 은희의 주변 인물들이 사는 일상적 시간과는 '다른' 시간의 웅덩이를 〈벌새〉의 곳곳에 판다. 일련의 장면을 통해 우리는 김영지에게 아물지 못한 채 여전히 진행 중인 모종의 상처가 내재한다는 것을 짐작할 수 있다. 그가 은희에게 폭력에 끝까지 맞서 싸우라고 조언할 때, 병원에 오면 편하다는 말을 할 때, 자신을 경멸해 온 경험을 고백할 때, 아무런 낌새도 없이 갑자기 학원 일을 그만두고 떠날 때, 그는 생의 활기보다는 슬픔과 우울과 아픔에 더 익숙한 사람처럼 느껴진다. 영화는 그 감정의 근원에 대해서는 밝히지 않는다. 다만 영지의 얼굴에 가까이 다가가서 발화되지 않는 상처의 시간을 물끄러미 바라본다.

영지와 은희가 함께하는 장면에서 영화는 유독 인물들의 얼굴 클로즈업에 공을 들이는데, 그런 장면들은 종종 은희 쪽으로 향하는 영지의 얼굴에서 끝나곤 한다. 은희 앞에 있는 이 얼굴의 응시를 서사적으로 의미화하는 일은 그리 어렵지 않을 것이다. 그것은 은희가 사는 세계의 구조, 이를테면 가족과 학교와 국가 제도의 폭력성을 환기하는 시대적 징후로서의 얼굴이라는 식으로 말이다. 그러나 그런 식의 의미화는 그 얼굴에서 우리가 감지하는 미세한 떨림까지 온전히 해명하지는 못한다. 그 떨림은 영지의 외적인 조건들이나 그가 말하는 대사만으로는 설명되지 않는다. 해소되지 못한 시간과 사연이 여전히

영지, 우리가 잃어버린 얼굴

예민하게 꿈틀대는 듯한 얼굴. 영지의 얼굴은 은희를 쳐다보고 있지만, 은희의 눈을 넘어 영지 자신에게만 보이는 세계의 어떤 심연을 대면하고 있는 것 같다. 배우 김새벽의 독특한 연기가 빚어낸 장면들이겠지만, 은희와 영지가 함께하는 장면이 영지의 얼굴에서 멈추며 끝날 때, 〈벌새〉라는 세계는 끝내 완전히 알기 어려운 이 얼굴로부터 시작된 것은 아닐까, 혹은 거기에 닿아 보려는 안간힘으로 스스로를 지탱하는 것이 아닐까, 생각하게 된다.[i]

그러니 물을 수밖에 없다. 영지는 왜 죽어야 하는가. 어둠을 고스란히 받아들인 그의 얼굴이 생과 사의 경계에서 위태롭게 흔들린다는 인상을 받지 않았던 건 아니다. 은희가 영지의 집을 찾아간 날, 영지의 엄마가 등장하자마자 영지가 스스로 목숨을 끊었을 거라는 불길한 예감에 사로잡힌 관객이 나만은 아닐 것이다. 은희의 입에서 나온 죽음이라는 단어는 은희가 위치한 불합리한 환경의 문제와 직결된 것이었지만, 영지의 얼굴에서 종종 스쳐 가는 죽음의 그림자는 영지가 겪었고 현재 겪고 있는 현실의 문제를 넘어서는 것처럼 보였다. 영화

---

i 이러한 물음은 또 다른 여자 어른인 엄마의 장면으로도 생각을 이끈다. 엄마의 장면들은 모두 일상의 피로에 젖어 있지만, 딱 한 번 가족과 노동으로부터 분리된 순간이 나온다. 은희는 병원에서 귀가하던 길에 저 멀리 서 있는 엄마를 발견하고 애타게 부르는데, 이상하게도 엄마는 듣지 못한다. 아픈 딸의 반복되는 부름에 돌아보는 대신 어딘가를 하염없이 바라보며 서성이는 엄마의 뒷모습. 엄마는 온전히 자기만의 세계 안으로 들어가 버린 것만 같고 은희는 자신이 알던 엄마가 아닌 낯선 여자가 된 그의 행동을 불안한 눈빛으로 지켜본다. 엄마가 그곳에서 무엇을 하던 중이었는지, 영화도 은희도 묻지 않고, 다음 장면에서 엄마는 이내 노동에 지친 '엄마'로 다시 돌아와 있다. 이 영화에서 영지와 엄마는 삶의 조건도 세대도 다르지만 엄마의 저 기이한 뒷모습과 영지의 얼굴 사이에는 어떤 친연성이 있는 것 같다. 이 영화의 한 축에 영지의 얼굴이 있다면, 다른 한 축에는 엄마의 뒷모습이 있다고 말하고 싶기도 하다.

를 관람하는 동안 그 죽음의 그림자가 언젠가 영지를 덮치고 말 것이라는 가혹한 생각은 사실 피하기 어려운 것이기도 했다. 하지만 영지의 엄마를 통해 그의 죽음이 자살이 아니라, 성수대교 붕괴에 의한 것이라는 사실을 알게 된 그 순간의 당혹감은 이상하게도 컸다. 왜 은희의 언니에게는 허락되었던 생의 우연이 영지에게만은 주어지지 않은 것일까. 영화는 왜 영지의 죽음을 말하기 위해 공적인 사건을 소환해야 했을까. 영지가 하필이면 성수대교 붕괴의 희생자라는, 서사적으로 다소 작위적일 수 있는 설정을 감수하면서까지 영화가 원했던 바는 무엇일까.

영화가 처음으로 자막을 통해 "1994. 10. 21."이라고 특정한 날, 은희의 세계에는 돌이킬 수 없는 세 가지 사건이 일어난다. 은희가 등굣길에 줄곧 지나치던 빈민촌 철거 현장이 보이고, 성수대교가 무너지며, 김영지가 죽는다. 상징적인 세 사건들을 맞물리며 영화는 그날을 기점으로 세계가 더 이상 이전과 같을 수 없다는 사실을 강조한다. 이를테면 정치의 시대가 끝나고 신자유주의 시대가 본격화를 알린 날, 자본에 잠식당한 세계의 욕망과 그 욕망의 대가가 동시에 노골적으로 드러난 날이라는 의미를 "1994. 10. 21."에 부여하고자 하는 영화의 의지가 김영지의 죽음과 성수대교의 붕괴를 함께 작동하게 만들었을 것이라는 추측도 가능하다.

그런 사회적인 차원이 아니라면, 철저히 은희의 서사 안에서 생각해볼 수도 있다. 성장을 위해서는 기존의 세계로부터 단절되는 경험이 주는 충격이 필요한데, 은희의 반복되는 일상에서는 그것이 불가능해 보이고, 그에게 그 정도의 충격을 줄 만한 사건은 영지의 죽음일 수밖에 없으나, 영지가 어딘가로 사라져 버리거나 자살을 선택한다면 그의 자발적인 소멸을 은희가 받아들일 길은 만무할 테고, 은희에게 영지는 영영 이해 불가한 트라우마로 남게 될 것이다. 그러므로 영지가 은희의 세계에서 퇴장해야만 한다면, 은희에게는 그의 사라짐에 대한 애도의 가능성이 남겨져야 하고, 그러려면 죽음의 원인에 피상적으로나마 근접할 수 있어야 하며, 그런 맥락에서 영화가 감행한 결단은 그 원인을 영지의 알 수 없는 내면이 아닌 부실한 국가 시스템에 지우는 것이다. 새벽녘 무너진 성수대교를 바라보며 은희가 흘리는 눈물은 영지와 함께 했던 시절과 영지로 대변되는 세계에 대한 애도의 행위이며 결말에 이르러 "세상은 참 신기하고 아름답다"는 말과 함께 은희의 현재에 뒤늦게 도착한 영지의 목소리는 그 애도가 실패하지 않았고 은희의 세계가 미약하게나마 변화하고 있음을 보여 주려는 영화의 소망을 투영하며……

영지의 죽음을 설명하려는 이와 같은 논리가 다분히 인위적이고 규정적이며 아슬아슬하게 보인다는 걸 잘 알고 있다. 그렇다 해도 영지를 성수대교 붕괴라는 사회적 사건으로 퇴장시키는 서사적 선택의 불가피성을 오롯이 해명할 언어를 찾지 못하는 지금의 입장에서는 그 이상의 이야기를 추론하거나 더 나은 논리를 구축하긴 어려울 것 같다. 이 문제를 푸는 데 실패했으므로 이 글은 어쩔 수 없이 미완성이라는 점 또한 인정해야겠다. 다만 영화의 이러한 결단에 의해 영지라는 인물이 끝내 시대의 희생양, 사회적 모순의 체현자로 환원된다는 점, 영화가 한국 사회라는 짐을 이 개인에게만 과도하게 실어 두어 그가 사후적으로 상징과 추상으로 읽힐 위험 또한 있다는 점 정도는 언급해 두고 싶다. 그리하여 그가 우울할 때마다 본다는 신비로운 손이나 삶의 아름다움을 전하는 그의 목소리보다도 세심하게 생의 어둠과

빛에 즉각적으로 반응하며 버티던 얼굴의 힘, 즉 한 세계의 대체 불가능한 표정 또한 무력하게 물러나고 만다는 인상도 덧붙이려 한다. 영화의 결말에 흐르던 영지의 음성은 이렇게 끝난다. "그때 만나면 다 이야기해 줄게." 우리는 어떤 얼굴을, 어떤 이야기를 들을 기회를 잃은, 아니 빼앗긴 것일까.

남다은

영화평론가. 1978년에 태어나 연세대학교 인문학부와 동대학원 비교문학협동과정 석사과정을 졸업했다. 2004년 『씨네21』 영화평론상으로 등단했고, 현재는 격월간 영화비평지 『필로』 고정 필진이다. 저서로는 비평집 『감정과 욕망의 시간: 영화를 살다』가 있다.

House of Hummingbird

붕괴하는 꿈속에서
누군가를 만나고,
이별한다는 것

|

김
원
영

　　　　　　모든 장면이 왜 기억 속 삽화처럼 전개되는
걸까? 영화는 1994년 중학생 은희의 시점에서 당대 시공간을 사실적
으로 묘사하지만, 한편으로 그때의 은희를 현재 시점에서 회상하는
것처럼 보이기도 한다. 아무리 불러도 은희의 목소리를 듣지 못한 채
어딘가를 응시하는 엄마의 모습, 영지가 병실 침대에 잠든 은희를 찾
아와 머리를 쓰다듬는 순간은, 사실적인 묘사와 시간순 전개에도 불
구하고 이 이야기가 미래 어떤 시점에서 재구성한 과거가 아닌가 생
각게 한다. 〈벌새〉는 어른이 된 (미래의) 은희가 1994년 현재의 은희를
꿈꾸는(찾아가는) 한 방법이 아닌가?

꿈에 관한 영화

　　〈벌새〉를 어떤 종류의 꿈에 관한 영화라고 생각해 보자. 사회 속에
는 여러 층위의 꿈들이 공존한다. 사회학자 김홍중의 분류를 빌리면,
국가가 공식적으로 생산하는 (중국몽이나 아메리칸드림 같은) 공몽公夢,
특정한 장field이나 조직체에서 생성되는 공몽共夢, 가족을 중심으로 형

성되고 재생산되는 사몽私夢이 그것이다.[i] 영화의 배경이 되는 1994년의 한국 사회는, 말하자면 세 종류의 꿈들이 분화되지 않고 일치했던 시기이며, 동시에 그 꿈들의 공모가 깨지던 때다.

전쟁 이후 수십 년 동안 한국 사회는 생존하고, 잘 먹고, 넓은 집에서 살 수 있다는 꿈으로 국가와 사회, 가족 모두가 총력전을 펼쳤다. 고도성장을 거치며 그 꿈의 일부는 극적으로 실현되기도 했다. 서울 강남은 바로 이 꿈이 도착한 최종 장소였다. 인구 압박에 직면한 서울시는 70년대부터 본격적으로 강남을 개발하면서 주요 공공기관과 고속터미널 등 핵심 사회 인프라들을 한강의 남쪽으로 이전했다. 특히 시민들의 이주를 효과적으로 촉진하기 위해 강북 지역 전통 명문고 이전을 계획한다. 고교 평준화 이후 거주지에 따라 입학할 학교가 결정되었기 때문에, 부모들의 교육열을 이용한다는 전략이었다.[ii] 경기고와 서울고 등이 강남으로 이전했고 많은 부모들이 자녀들의 학력자본 취득을 꿈꾸며 한강을 건너왔다(저 유명한 '강남 8학군'이 그렇게 탄생한다). '한강의 기적'이라는 국가의 꿈은 곧 학력과 학벌을 통한 계급 상승 혹은 재생산의 최전선으로서 학교가 지닌 꿈이었고, 모든 가정의 꿈이었다. 서울 강남은 그 몽상의 끝점이었다. 〈벌새〉는 이 몽상 안의 세계를 살아가는 은희가 사랑하고 상처 입던 순간들을 소환한다.

i 김홍중, 『사회학적 파상력』, 문학동네, 2016, 223~226쪽.

ii 김현숙, 「도시개발과 학교 이전, 그리고 공간의 분절」, 『구술사연구』 제3권 2호, 2012, 90쪽.

붕괴하는 꿈속에서 누군가를 만나고, 이별한다는 것

우울과 불안, 의미 있는 타자

은희의 학교 선생님은 열다섯 살 학생들 앞에서 "너희는 하루하루 죽어 가고 있다"는 엄포를 놓고, 지금 이 순간 공부하지 않으면 (명문대에 가지 못해) 삶에서 낙오할 것임을 강조한다. 학교는 우열반(A반과 B반)으로 학생들을 나누고, '날라리'를 분류해 낙오자 선별 작업을 시작한다. 은희의 부모는 오빠 대훈에게 모든 기대를 거는데, 그들의 기대는 힘겹게 도달했을 '대치동'에서 밀려날지 모른다는 두려움에 기초한다. 대훈은 아빠의 기대에 예의 바르게 순응하지만, 식탁 위 어두운 그의 뒷모습은 전혀 자신감 있어 보이지 않는다.

사회 전체가 생존과 지위 상승을 놓고 서로 투쟁하는 한국 사회에서, 그 질서에 충실히 복무하려는 사람들에게는 불안이라는 정서가 근간에 놓인다. 비극적인 가난과 전쟁에 대한 두려움이 산업화와 반공이라는 국가 목표(꿈)를 추동하는 집합적 감정이었듯이, 불안은 학교 공동체와 가정을 지배하는 정서이기도 했다. '생존하고, 더 잘 먹고, 잘 살고, 다른 사람이 내 것을 빼앗지 않는' 삶에 대한 꿈은 불안이라는 마음의 상태에 기대어 구성되고, 그 마음을 재생산했을 것이다.

불안과 더불어 우리는 한국 사회 전체가 공유하는 몽상을 지탱하던 다른 정서로서 '우울'을 포착할 수도 있다. 집합적인 꿈에 자신을 투신하는 이들이 그 꿈에서 탈락할까 불안해할 때, 애초에 그 꿈에서 배제된 이들, 그 꿈을 이해하기 어려운 이들은 우울하다. 대치동에 살며 강북으로 고등학교를 다니는, 학벌 경쟁에서 이미 탈락한 것으로 보이는 수희는 밤늦은 시간 남자친구를 방으로 데려올 때를 제외하면 존재감이 없다(수희는 가장 어둡고 구석진 식탁 자리에 앉고, 말도 거의 하지 않는다). 은희의 엄마는 이 집합적 꿈을 위해 어린 시절부터 가부장적 가족공동체를 위해 희생했고 지금도 그렇지만, 이 꿈의 질서 바깥을 상상하지는 못한다. 개인적인 꿈을 양보하며 지원한 오빠가 (아마도) 스스로 세상을 떠나지만, 그 죽음이 자신이 헌신했던 꿈의 질서와 관련이 있을 가능성은 생각하지 않는 듯하다. 이해가 불가능한 죽음은 애도할 수 없고, 애도가 불가능한 죽음 앞에서는 제대로 슬퍼할 수도 없다. 외삼촌의 죽음에 대해 은희가 묻자 "그냥 이 세상에 없다는 게 이상해"라고 말하는 은희의 엄마에게서, 우리는 슬픔이 아니라 우울의 정서를 본다.

집합적 몽상의 질서 안에서 우리는 꿈을 누군가 침탈할까, 꿈을 실현하지 못하고 나만 실패할까 불안하고, 그 꿈이 내 인생을 전혀 설명할 수 없어서, 그 꿈 이외의 것을 이해하지 못해서 우울하다. 이 감정들의 에너지는 때로 직접적인 폭력으로 전환되어 가장 약한 곳에 위치한 은희에게 도달한다. 불안은 무자비한 폭력으로 전환되고, 우울은 무기력으로 이어진다. 그럼에도 은희의 가족은 (90년대 나의 가족들이 그랬듯) '정상가족'의 질서를 포기하지 않고, 각자에게 주어진 책임을 감당하면서, 결정적인 순간에는 서로를 돌보며 일상을 지속한다.

영화 속에서 불안과 우울이라는 지배적인 감정으로부터 다소나마 벗어나 있는 인물은 영지인 것 같다. 영지는 분명 행복해 보이지는 않지만, 특별히 불안하거나 우울한 사람도 아닌 것 같다(대신 그는 슬퍼 보인다). 그가 시대의 지배적 정서로부터 어떻게 자신을 지켜 내는지 우리는 모른다. 다만 영지가 집합적 몽상과 그것이 구축한 질서에서 얼마간 외부에 있음은 분명하다. 서울대를 다니지만 만화를 좋아한다고 말하고, 담배를 피운다. 권위를 지닌 선생님이지만 은희를 공손하게 대한다. 은희의 세계에서는 모두 각각 위계적으로 대립되는 자리에 할당된 것들이 영지에게는 공존한다.

이런 점에서 영지는 사실상 은희가 처음으로 만난 '의미 있는 타자'라고 말할 수 있다. 모두가 동일한 꿈의 질서에서 살아가는 공간에서 은희는 지숙을 제외하면 누구와도 깊은 관계를 맺지 못하지만(그들은 모두 질서에 복무하다 잠시 일탈하여 은희를 만나고는, 다시 사라질 뿐이다), 영지는 질서 바깥에서 은희와 접속하고, 이 질서의 외부를 생각하도록 격려한다. 세상에는 질서의 외부로 밀려나 사는 집조차 빼앗기는 타자들이 있지만 그들을 함부로 동정해서는 안 된다는 것. 같은 질서 안에서 '정상적'으로 사는 듯 보이지만 모든 걸 걸고 맞서야 하는 내부의 '타자'(폭력적인 오빠)도 있다는 것을, 은희에게 알려 준다.

각성과 애도의 시간

1994년 10월 성수대교 붕괴는 한국 사회의 집합적인 몽상이 깨져 나가는 상징적 사건이었고, 그 시작이었다. 강남 압구정동에서 강북의 동대문 지역을 잇는 성수대교는, 기술력이 부족한 상태에서 디자인과 속도를 중시한 게르버 트러스Gerber Trus 공법을 미숙하게 적용했고 관리 감독은 소홀히 하여 결국 붕괴했다고 알려져 있다. 법원은 성수대교 건설과 관리 등에 관여한 이들을 업무상과실치사 등의 공범으로 처벌했는데, 이는 고의로 범죄를 저지른 사람들이 아님에도 공범으로 처벌한 최초의 판결이었다.[i] 이 판결에 대한 이론적인 반론이 많았다. 하지만 법원은 우리 개개인이 어떤 집합적 질서에 가담해 있는 자신을 각성하지 못할 때, 그것이 고의로 누군가를 해치는 일과 다를 바 없는 결과로 우리에게 돌아오고 있음을 깨달았던 것이다. 우리는 오랜 몽상이 만들어 낸 참혹한 결과를 감당해야 했다. 그리고 약 8개월 후 역시 강남에 위치했던 삼풍백화점이 무너졌고, 2년 후에는 IMF 외환위기가 이어졌다.[ii]

성수대교가 붕괴한 날 16번 버스에 탑승했다 사망한 무학여고 재학생들은 강남 지역 학교에 배정되지 못해 강북으로 통학하던 학생들이었다.[iii] 영화에서 수희는 지각을 한 덕에 사고를 피한다. 이 사고는 은희네 가족을 어떤 각성의 순간으로 이끈다. 수희는 마치 죽은 존재처럼 어둡게 등장하여 식탁에 앉고(사실 수희는 늘 죽은 듯 존재했지만), 밥을 먹기 시작하자 대훈이 갑자기 울음을 터뜨린다. 가부장에 순응적이고 약자에게는 폭력적이던 대훈은 왜 갑자기 오열했을까? 가까운 친구가 사고를 당했다고 볼 사정은 없으므로, 아마 수희가 죽음 근처까지 갔었다는 사실이 대훈에게 어떤 감정을 불러냈기 때문일 것이다. 엄마 아빠와 은희는 대훈이 오열하는 순간 점차 수희에게로 눈을 돌리고, 그때 비로소 집합적인 몽상의 질서 안에서 하루하루를 버티던 은희의 가족이 서로의 존재를 ('정상가족'으로서의 책임윤리나 꿈속에서 승리하기 위

---

i 대법원 1997. 11. 28. 97도1740 판결.

ii 소설가 황석영은 삼풍백화점의 붕괴를 강남 개발 이후 시작된 수많은 사람의 욕망과 꿈이 무너지는 시점으로 생생히 묘사하고 있다. 소설의 제목은 『강남몽』이다.

iii 영화에서는 수희가 "공부를 못해서" 강북으로 통학을 하는 것으로 묘사되지만, 실제로는 강남 지역에 인구가 몰리면서 강남 학군의 학교만으로는 학생들을 전부 수용할 수 없었던 것이 그 이유였다.

한 수단으로서가 아니라) 염려하는 각성의 시간이 찾아온다.[iv]

　은희는 영지와의 만남을 통해 우리가 자신을 좋아하기란 원래 어려운 일이라는 사실과 버림받고, 상처를 입을 때 느껴지는 자기혐오를 들여다보는 법을 조금씩 배운다. 타인의 인정과 사랑을 갈구하지 않고도 자신을 받아들이는 법을 익혀 간다(더 이상 남자친구 지완에게 의지하지 않을 수 있다). 그리고 성수대교 붕괴로 영지가 죽었음을 알게 된 후에는, 우울을 넘어서기 위해 깊은 애도가 필요하다는 사실을 깨닫는다. 애도는 상실을 정면으로 응시하고 이해할 때 비로소 가능하다. 단절된 성수대교의 모습은 사회적으로는 이후 강남과 강북의 더 철저한 단절을 상징하는 것 같지만, 그 단면을 응시하고 애도했을 때야말로, 우리는 우울의 정서에 머물지 않게 될 것이다.

타자를 통해 과거의 나와 접속한다면

　불안하고 우울할 때, 스스로에 대한 혐오가 치밀어 오를 때, 나는 종종 '미래의 나'를 떠올린다. 제법 괜찮은 마음과 몸으로 나이 든 예순 살 즈음의 내가 조용히 방으로 들어와, 이부자리 위에 주저앉아 책

---

iv　오빠 대훈이 오열하는 장면 외에도, 은희의 아빠가 은희의 수술을 앞두고 소리 내어 우는 장면이 있다. 이러한 모습을 통해 우리는 이들을 폭력과 억압의 '가해자'로만 한정하지 않는 이해에 도달할 수 있다. 그러나 다른 한편, 이렇게 대놓고 눈물을 흘리는 존재가 영화에서 이 두 사람뿐이라는 점은 의미심장하다. 정작 가장 억압적 위치에 있는, 실제 성수대교 사건의 피해를 입기 직전까지 갔던 수희는 눈물을 흘리지 않기 때문이다. 은희의 엄마도, 은희도 이렇게 울지 않는다. 정확히 말하면, 울지 '못한다.'

꽂이에 등을 기댄 채 상심해 있는 나를 바라본다. 머리를 쓰다듬고, 그 모든 것을 결국 잘 헤쳐 나갈 것이니, 지금 느끼는 감정을 찬찬히 들여다보며 자신을 아껴 주라고 조언한다.

나에게 〈벌새〉에서 가장 아름다운 장면은, 입원하기 전 영지를 찾아간 은희가 학원 계단에서 영지에게 안기고, 영지는 은희를 양팔로 감쌀 때 두 사람의 뒤편으로 창밖의 나무가 흔들리는 순간이다. 잊을 수 없는 기억이 꿈에서 재현될 때가 이렇지 않을까. 영화에서 영지는 분명 은희의 세계에 실재하는 인물이지만, 나는 과거 한국 사회의 질서 안에서 상처 입으며 성장하던 은희를 찾아가는, '미래의 은희'를 영지 안에서 발견한다. 이는 성인이 된 김보라 감독 자신일 수도 있을 것이다.

우리가 타자를 진심으로 염려하는 순간 그 타자는 나의 일부와 연결될 것인데, 그에게서 언젠가 내가 되고 싶은 사람의 모습을 발견하면 우리는 그의 모습을 미래의 나에게 투영한다. 그 미래가 도래하여 현재가 되면, 이제 우리는 과거의 나를 찾아간다. 기억 속의 바로 그 타자, '영지'의 모습으로 과거의 시간을 방문해 어린 나(은희)를 만나고, 영지의 눈과 손을 빌려 자신의 과거를 이해하고 보듬을 수 있다. 어떻게 살아야 할지, 어떤 꿈을 꾸고 어떤 꿈에 복무해야 할지 우리 중 누구도 정확히 알지 못하지만, 누군가를 만나고 헤어지며 삶이 이어지는 동안 우리는 이렇게 타인을 통해 미래의 자신을 형성하고, 과거의 자신을 돌보면서, 여러 사람의 존재를 품고 한 사람의 성인이 되어 갈 것이다.

'한강의 기적'을 모두가 믿던 집합적 몽상은 더 이상 존재하지 않으나 한국 사회는 세월호 참사가 보여 주듯 여전히 94년의 지배적 감정에서 벗어나지 못했다. 이해하기 어려운 죽음 앞에서 애도는 불가능했다. 사람들은 불안하고 우울하다. 집단의 꿈과 질서로부터 독립한 개인이면서, 타인을 쉽게 동정하지 않으며, 작고 약한 사람들에게 예의 바르고, 절대로 부당한 것에는 맞서라고 용기를 주는 사람이 충분하지 않기 때문일 것이다. 이러한 사람들이 존재해야만 우리는 그 사람의 존재를 통해 미래의 우리를 꿈꾸고, 과거의 우리를 돌보는 일이 가능할 것이다.

김원영

골형성부전증으로 휠체어를 탄다. 검정고시, 특수학교, 일반 고등학교를 거쳐 서울대학교 사회학과와 로스쿨을 졸업했다. 졸업 후 국가인권위원회 등에서 일했으며 현재는 서울에서 변호사로 활동하고 있다. '장애문화예술연구소 짓'에서 연극배우로 활약하기도 했다. 주변과 중심, 또 사회학과 법학 사이를 진동하며 정체성과 장애인 문제를 사회적 차원에서 고민해 왔고, 그 고민을 여러 매체에 글로 썼다. 지은 책으로『실격당한 자들을 위한 변론』,『희망 대신 욕망』이 있다.

House of Hummingbird

지금, 여기의
프리퀼 〈벌새〉

|

정희진

나는 지아 장 커 감독의 〈스틸 라이프〉(2007)
가 1994년을 배경으로 하는 〈벌새〉와 현재를 연결한다고 생각한다.
두 작품 모두 글로컬glocal 자본주의의 전조가 이미 로컬에서 실현되고
있음을 잘 보여 준다. 베를린장벽 붕괴 이후 미국 중심의 세계화로 노
동의 종말이 시작되던 무렵, 지구 한편에서는 금융 유통 자본주의의
질주가 시작되고 한국과 중국에서는 개발독재('건설')가 낳은 비극이
본격적으로 가시화한다. 공간의 파괴 자체가 〈스틸 라이프〉와 〈벌새〉
의 주제다. 〈스틸 라이프〉의 인물들은 사랑하는 사람을 찾아 오랜만에
고향을 찾아오지만, 존재했던 세계는 모두 물속으로 사라지고 마주하
는 공간은 온통 폐허다. 〈벌새〉의 주인공인 중 2 소녀 은희(박지후 분)의
멘토인 학원 선생님(김새벽 분)은 성수대교 사건으로 사망한다.

또한 나는 〈벌새〉가 과거의 이야기라기보다는 당대를 예고한다고
본다. 이 영화의 역사성은 1994년 가족과 학교를 중심으로 한국 사회
를 관통하는 통증과 폭력의 일상을 그려 냈다는 데 있다. 영화의 배경
은 25년 전이지만, 극중 대사대로 "말도 안 되는" 일상은 그때나 지금
이나 마찬가지다. 다만 오늘날 교실에는 "서울대 가자"라는 구호가
없다. 노동과 고용의 종말 시대에는 노동자를 훈육, 배출하는 군대와

학교는 쓸모가 없다. 그러니 곳곳의 교실 붕괴는 당연하고, 그 무섭다는 '중 2 현상'은 대학 강의실로 이동했다. 삐삐를 스마트폰으로 바꾼 삼 남매와 그 친구들은 지금쯤 1인 가구로 살면서 홀로 누워 SNS 피드를 텅 빈 눈으로 바라보고 있지 않을까. 이 영화는 아직 만들어지지 않은 〈벌새 2〉와 이미 만들어진 〈소셜 포비아〉(2014) 혹은 〈기생충〉(2019)의 프리퀄이 아닐까.

한국 가족의 원형과 진화

이 영화를 보면서 다양한 가족 영화들이 생각났다. 임권택의 걸작 〈길소뜸〉(1986)부터 〈도형일기圖形日記〉(1999), 〈가족의 탄생〉(2006), 〈똥파리〉(2008), 〈박쥐〉(2009), 〈반두비〉(2009), 〈비밀은 없다〉(2016), 〈우리들〉(2016)까지.

위에 나열한 가족 소재 영화들은 대개 강렬하다. 계급의식은 가족에 대한 책임과 사랑을 간단히 제끼며, 남성은 여성과 아이를 때리고, 아이들은 방치되어 있다. 근대 가족은 인류가 발명한 가장 폭력적인 제도다. 여성은 전쟁보다 배우자에 의한 살해와 출산 중 사망으로 더 많이 죽었다. 그럼에도 가족 내 여성들에게 가해지는 폭력은 "미투"가 어려운데, 이는 가족이 가부장제의 매트릭스matrix, 母型이기 때문이다.

한편 〈벌새〉의 가족은 극도로 '정상적'이어서 '영화에서나 나올 얘기' 같지 않다. 규범적이라는 의미에서 정상이 아니라 현실적이라는 의미에서 그렇다. 내가 이 영화에서 가장 어색했던 아니, 거의 깜짝 놀랐던 장면은 다섯 식구가 반찬 여러 개를 놓고 함께 식사하는 장면이었다. 대신에 〈벌새〉는 '쎄'지 않지만 일상에 스며든 폭력을 묘사한다. "오빠가 때렸어요"라는 딸의 호소에, 부모는 "싸우지 말라"며 가해자와 피해자를 '평등하게' 취급한다. 이 영화에서 아버지는 자영업자 가장으로서 자의식이 강하지만 그가 노동하는 장면은 거의 나오지 않는다. 집안일과 가게 일을 도맡아 하는 엄마는 그저 인생을 견디고 있는 듯하다. 집에서도 학교에서도 겉도는 이 집의 막내딸(주인공)은 외롭다. 모든 공간, 어른들은 제 역할을 하지 못하거나 부패하고 비열하다(특히, 담임선생!). 그나마 소녀에게 관심을 보이는 이는 몇 장면 안 나오는 의사다. '인도주의적' 중년 의사는 세상사(가정폭력, 학교폭력)를 아는 듯, 고소용 진단서를 발급해 주겠다고 제안한다. 하지만 소녀는 사랑과 관심에 대한 소망을 포기하지 않고, 작은 관심에도 설레고 상처받는다.

지금은 〈벌새〉 속 가족조차 드물다. 한국 사회에서 가족 구성원들의 관계는 대단히 도구적이다. 모든 사회복지 비용을 여성의 가정 내 성역할로 떠넘기고, 학자와 관료 들은 이를 "한국형 사회복지"라고 찬양한다. 한국의 가족 문화는 부부 중심이 아니다. 실제 '정상가족'은 해산되었거나 동거하는 이들은 '스카이 캐슬'을 꿈꾸며, 스트레스 받고, 불안에 휩쓸리면서, 자녀의 성적을 중심으로 돌아간다. 물론 앞서 말했듯 부모들의 꿈은 가능하지 않고, 아이들은 학교에서도 가정에서도 자신이 들러리, '샌드백'임을 알고 있다.

사랑받는 사람이 피해자인 시대

얼마 전 TV에서 반려동물 상담 사례를 보았다. 사연인즉, 키우는 개가 자기 얼굴에 뽀뽀를 했는데 무의식적으로 개가 보는 앞에서 씻었다는 것이다. 상담을 청한 이는 심각했다. "그 애(개)가 제 행동에 상처받았을까요?" 이 이야기는 나를 오랫동안 사로잡았다. 인간과 동물의 차이의 문제가 아니라 사랑의 힘과 윤리에 대한 문제로서.

사랑하면 상대방의 마음을 생각한다. 그런데 이 시대의 사랑이란 그 상대가 반려동물이든, 반려자든, 친구든 사랑하는 상대보다 사랑의 주체들이 '사랑하는' 자기를 사랑할 뿐이다. 자기방어를 위해 상대를 물화物化하고, 자기 상태의 투사 대상으로 삼는 문화가 일반화된다. 그리고 그런 행동의 의미도 모른다. 이 비윤리적 관계가 폭력으로 끝날 때, '사랑받던' 사람은 "버려졌다"고 느낀다. 예전에는 타인에게 상처를 주는 행위에 "자기 멋대로"라는 비판이 따랐다. 그러나 지금은 '자기 멋대로인 사람이 되기 위해' 타인을 짓밟는다. 나쁜 행동을 의도적으로 하는 것이다. 이 영화 속에서는 "(내가 언니를 사랑한 것은) 지난 학기잖아요"라는 말로 대변된다. 굳이 주지 않아도 될 상처를 주는 것이 자아실현이 되었다.

이런 행위가 생명체를 대상으로 할 때는 윤리적 문제가 발생한다. 이 시대, 나는 차라리 사람이나 생명체를 대상으로 하지 않는 '대상관계', 중독을 권하겠다. 사랑의 대체재代替財는 공부나 일이 될 수도 있고 운동, 취미 중독이 될 수도 있다. 정치는 무엇에 중독되어도 좋은지를 결정하는 권력의 역동이다.

주인공의 남자친구는 어린 나이에(?) 연애의 권력관계를 체득한 남성성을 보여 주고, 은희는 이성애의 상처를 반복한다. 한편, 은희가 죽도록 좋다며 과감한 대시를 마다 않던 소녀는, 갑자기 은희를 모른 척한다. 은희가 이유를 묻자 "(언니를 좋아한 것은) 지난 학기의 일"이라고 말한다. 은희의 단짝 친구 지숙은 함께 도모한 좀도둑질을 은희에게 뒤집어씌운다. 〈벌새〉는 사랑 '받는' 사람이 피해자임을 보여 준다.

10대의 문제일까, 시대의 문제일까. 은희의 친구, 남자친구, 후배는 모두 자기 문제를 해결하기 위해, 자기 필요에 의해 은희를 사랑의 대상으로 이용한다. 그들에게는 얼마든지 대체재가 있다. 신자유주의 시대는 극단적인 개인의 시대지만, (인권 개념에서) 개인은 그 안에서도 다른 누구로도 환원되지 않는 고유한 존재여야 한다. 〈벌새〉는 그렇지 않은 현실을 보고한다.

사랑에 필요한 것은 영원한 약속이 아니라 영원하지 않을 관계를 끝낼 때, 상대방과의 관계에서 최소한의 예의를 지키는 일이다. 그래서 "사랑은 아무나 하나", 이 말은 언제나 명언이다. 사랑은 윤리적인 사람만이 시도할 수 있는 행위다. 가족은 이러한 윤리를 제도로 대신하려는 체제다. 당연히 실패할 수밖에 없다. 호주제 폐지 운동 당시의 구호대로, 가족을 지키는 것은 성姓이 아니라 사랑이기 때문이다.

외로움에서 우울로

이 영화에 대한 의견 중에 "누구나 통과했던 10대 시절의 아픔과 추억을 소환한다"는 감상이 있다. 그러나 시대, 성별, 계층에 따라 10대의 경험과 해석은 다르다. 비약인지 모르겠지만 10대를 그렸다고 해서, 〈고교 얄개〉(1976)와 〈말죽거리 잔혹사〉(2004), 〈들꽃〉(2014)이나 〈도희야〉(2014)가 어떻게 이 영화와 같을 수 있겠는가.

〈벌새〉의 가족은 각각 다른 이유로 외롭다. 영화의 초점은 10대 소녀에 맞춰져 있지만, 나는 소녀의 엄마가 자꾸 생각났다. 그녀의 남은 생. 소녀는 엄마에게 "외삼촌이 안 보고 싶냐"고 묻고, 엄마는 "그냥 이상해"라고 말한다. 엄마의 눈빛은 이미, 일상을 겨우 견딜 만큼만 살아 있다. 자기 인생의 유일한 보호자였을 오빠를 잃은 엄마와 학원 선생님을 잃은 은희는 상실감을 공유한다. 그래도 소녀는 '시간이 있다.' 성장하고 다른 세계로 얼마든지 날아갈 수 있다(그러기를 응원한다).

은희가 학원 강사 영지에게 호감을 느낀 첫 순간은 그녀가 담배를 피우는, 뭔가 일탈된 사람으로서 동류의식 때문이었다. 한문 학원 강사 영지는 휴학을 오래하며 방황하는, 뭔가 '의식 있는' 대학생이다. 그녀는 은희의 말을 경청하고 "너 자신을 보호하라"고 조언한다. 은희는 선생님을 좋아하고 그에게 의지한다. 외로움의 '해결'은 이런 소통과 연결 의식으로 가능하다. 그런데 지금 우리에겐 영지 같은 사람이 없다. 혹은 존재하더라도 그 자신이 이 세상을 견디지 못할 것이다.

두 모녀의 상실감과 사랑하는 이를 잃은 슬픔은 인간의 생로병사에 따른 불가피한 것이다. 그러나 글로벌 자본주의에 편입되기를 갈망하는 한국 사회는 오로지 재생산을 위한 '생'에만 집착하고 '노병사老病死'는 무시한다. 건강과 젊음, 동안만이 최고의 가치가 된 사회에서 이를 실천practice하지 못한 이들은 우울하다. 상실과 외로움은 인간의 조건일지 모르지만, 우울과 자살은 그렇지 않다. 뻔뻔스러움의 시대에, 우울은 윤리적 능력이다. 본인의 우울을 타인에게 폭력으로 전가하는 이들이 얼마나 많은가.

하지만 무엇보다 중년 여성인 나는 소녀의 어머니에 동일시되었다. 탈코르셋 주장이나 『82년생 김지영』은 중년 여성의 젠더 이슈가 아니다. 여성의 계급은 나이와 외모다. 나이 든 여성이나 장애 여성, 이주 여성이 겪는 세계는 젠더로 환원되지 않는다. 한국의 기혼 중년 여성은 무엇으로 사는가. 남편이 출세하고 아이가 공부를 잘하는 '완벽한 가정'은 드물다. 아니, 무엇보다 그것은 남편과 자녀들 본인이 할 수 있는 일이지, 타인이 대신할 수 없는 불가능의 영역이다. 엄마는 비난만 받을 뿐이다. 여성이 나이가 들면 전업주부든 여배우든 경력 단절 여성이든, 다른 삶을 살아야 한다. 그러나 한국 사회에는 이들을 돕는 인프라가 전혀 없다.

남성 중심 사회란, 공적 영역의 권력을 남성(남성 연대)이 독점하는 구조를 말한다. 이때 여성의 '가치'는 남성 네트워크에의 접근 가능성 혹은 자원 있는 개별 남성과의 관계 여부에 의해 정해진다. 남편이든 아버지든 애인이든 권력 있는 남성의 무한 사랑을 받으면 좋겠지만, 그런 일은 동화(신화)에서나 가능하다. 가부장제는 보호해야 할 여성, 그렇지 않은 여성, 그렇지 않아도 되는 여성을 구분하는 권력이다. 여성의 지위는 개인의 능력에 의해 정해지기보다는, 권력 있는 '아버지의 딸(박근혜)'일 때 결정적이다. '아버지의 딸, 공주'는 가부장제 사회에서 여성의 기득권 중 최고의 지위다. 남편과 아들의 보호는 보증할 수 없을 뿐만 아니라 폭력과 노동이 따른다. 사회적, 심리적 안정을 성취한 여성들은 아버지가 조건 없는 사랑으로 딸을 응원하는 경우다. 그렇지 않은 여성들은 매일매일 긴장하고 싸워야 한다.

〈벌새〉에서 은희에게는 그래도 엄마와 영지가 있었다. 그러나 은

희의 엄마에게는 오빠로 상징되는 유일한 보호자마저 남아 있지 않
다. 외로움에 방황하는 은희와 달리, 은희 엄마는 외롭다기보다 상실
감으로 우울하다. 그녀에게 남은 삶은 떡집 일, 가사 노동, 책임감 없
고 춤바람 난 남편을 무시하는 일, 아이들 뒷바라지…. 그 이상을 상
상하기 어렵다. 그에게 인생은 찬란하지 않다. 하지만 엄마가 그만의
세계를 만들고, 두 딸이 나중에 엄마의 좋은 친구가 되기를 소망한다.

정희진

여성학 연구자이며 문학박사이다. 다학제적 관점의 공부와 글쓰기에 관심이 있으며, '시네필'이
다. 저서로는 『혼자서 본 영화』, 『페미니즘의 도전』, 『아주 친밀한 폭력-여성주의와 가정폭력』,
『낯선 시선-메타젠더로 본 세상』, 『정희진처럼 읽기』가 있다. 이외에도 50여 권의 공편저를 썼다.

2019년 5월, 여성 서사를 만드는 창작자로서 김보라 감독과 앨리슨 벡델이 버몬트에 위치한 벡델의 작업실에서 만나 서로의 작품에 대한 이야기와 창작자로서의 고민을 나누었다. 영화 성평등 테스트인 '벡델테스트'로 잘 알려진 앨리슨 벡델Alison Bechdel은 『펀 홈』과 『당신 엄마 맞아?』를 쓴 미국의 그래픽노블 작가이다. 벡델은 작품을 통해 가족, 삶, 죽음, 성적지향과 성 정체성 등의 주제로 자전적 이야기를 해 왔고 현재는 동성 배우자이자 예술가인 홀리 래 테일러Holly Rae Taylor와 함께 볼턴에 머물고 있다.

번역 신빛나리

House of Hummingbird

여성, 서사, 창작에 대해

—

김보라 + 앨리슨 벡델

BK 처음 영화를 봤을 때 느낀 감정이 궁금하다. 형용사나 명사, 아니면 몇 단어로 설명해 줄 수 있을까?

AB 넋을 잃었달까… 매혹당했던 것 같다. 아마 특정한 '감정'으로 소구되는 건 아닌 것 같다. 감정보다는 '상태'에 더 가깝다는 생각이다. 영화 속에 구축된 세상으로 빨려 들어가는 듯한 느낌. 서스펜스가 있는 경험이었다. 영화를 보면서도 줄곧 '무슨 일이 일어나고 있는 거지?'라는 생각을 했다. (영화 속 장면들은) 분명 일상적인 삶을 보여 주는데도 일상적으로 보이지만은 않았다. 아주 멋진 방식으로 증강된 일상이랄까. 지배적인 감상은 그렇다.

BK 좋은 답인 것 같다. '넋을 잃었다'는 표현이 마음에 든다.

AB 〈벌새〉를 보기 전에 단편인 〈리코더 시험〉을 먼저 봤다. 〈벌새〉는 〈리코더 시험〉과 직접적으로 이어진 이야기 같다. '보이지 않는 존재'로서의 경험이라는 동일한 주제를 다루고 있기도 하고. 며칠 간격을 두고 〈벌새〉와 〈리코더 시험〉을 차례로 보았는데, 〈리코더 시험〉의

관객이 남겨졌던 곳에서 〈벌새〉가 다시 출발하는 것 같은 구성이어서
재미있었다.

BK 사실이다. 〈벌새〉는 〈리코더 시험〉의 속편 같은 성격이다. 당신의
두 작품 『펀 홈』과 『당신 엄마 맞아?』처럼, 다르지만 서로 비슷하기도
하다. 〈리코더 시험〉을 보고는 어떤 감정을 느꼈나?

AB 이상한 기분이었다. 슬픈 이야기였지만 이야기의 마지막 조각을
맞추는 순간 무척 희망찬 기분이 들었다. 아주 슬프지만 긍정적인. 뭐
랄까… 행복했다. 이 작은 여자아이가 영웅처럼 느껴졌다. 그저 일상
적인 (여자아이의) 삶을 존중하는 태도로 진지하게 다뤘다. 지금까지 한
번도 본 적 없던 방식, 혹은 지금까지 시도되지 않았던 방식이었다.

BK 마음에 드는 감상이다. 영화의 메시지가 무엇이라고 생각하나?
뻔한 질문이라는 것을 알지만 당신에게서 직접 듣고 싶다.

AB 한 소녀의 삶을 의미 있고, 소중하게 그리고 전형적으로 보여 주
는 것이 영화의 목적이었던 것 같다. 소녀의 삶 역시 인간의 삶이며,
폄하될 만한 이야기가 아니라는 것이다. 다시 대서사시epic라는 말로
표현해야 할 것 같다. 온전한 한 인간에 대한 이야기로 느껴졌다.

BK 진지하게 다뤄진 소녀들의 이야기를 더 보고 싶다. 우리(여성) 이
야기는 잘 다루어지지 않는 소재 아닌가.

여성, 서사, 창작에 대해

AB 여성들은 항상 외부 시선으로 관찰된다. 당신은 여성 캐릭터를 내부자로서 조명했다. 내가 말하려고 하는 건, 은희가 '대상'이 아니었다는 점이다. 그녀는 영화의 '주체'였다.
〈하우스 오브 허밍버드House of Hummingbird〉(역주: 〈벌새〉의 영문 제목)라는 작품 제목에 대해서 말해 줄 수 있나?

BK 한국어 제목은 〈벌새〉다. 영문 제목으로는 벌새 앞에 그냥 '집'이라는 단어를 더했는데, 영어 '허밍버드Hummingbird'만으로는 영 영화 제목처럼 들리지 않아서 붙이게 됐다. 한국어로는 '벌새'로도 충분했다. 벌새는 세상에서 가장 작은 새다. 이 작은 새는 꿀을 찾아 아주 멀리까지 날아가는데 그 모습이 은희의 여정과 닮아 있다고 생각했다. 은희는 아주 작은 여자아이지만, 사랑받기 위해서 또 진정한 사랑을 찾기 위해서 많은 곳을 날아다닌다. 그리고 동물들이 가진 상징에 대한 책을 찾아 보았을 때 벌새에는 희망, 회복, 사랑 같은 좋은 상징들만 있었다. 그래서 영화에 붙이기에도 좋을 거라고 생각했다. 딴 얘기지만, 이 근처에 허밍버드 로드Hummingbird Road가 있는 것을 아나?

AB … 아, 그런 길이 있다. 하지만 잊어버리고 있었다. (웃음)

BK 오는 길에 표지판을 발견하고 사진을 찍고 싶었다. 돌아가는 길에 사진을 찍으려고 한다. 기분 좋은 우연의 일치라고 생각했다.

AB 재미있는 일이다. 그게 당신을 이곳으로 부른 걸지도 모른다.(웃음) 영화의 페이스가 정말 좋았다. 그 느림과, 이 소녀의 별일 없는 삶에 부여된 아주 미세한, 거의 현미경으로 봐야 할 것만 같은 디테일들 하며…. 많은 사건이 일어나기 때문에 '별일 없는' 이라는 표현은 옳지 않을지 모르겠다. 하지만 사건 대부분은 상당히 전형적이다. 좀도둑질이라든가 친구와의 다툼이라든가…. 그렇지만 영화는 이 소녀에게 마땅히 존재하는 존엄성과 지위를 보여 줬다. 대부분 소녀들의 이야기는 하찮거나 진지하지 않은 것으로 취급된다. 그렇지만 당신은 이 소녀의 삶을 '인간'의 삶으로 본다. 당신은 이 소녀의 모험과 주체성을 마치, 그녀가 중세의 기사인 것처럼 진지하게 다뤘다. 그게 정말로 좋았다. 당신이 이 소녀의 이야기를 거대한 서사시로 재탄생시킨 거다!

BK 고맙다. 표현이 너무 좋다.

AB 당신이 이 소녀의 이야기를 위한 자리를 마련하고 인간의 이야기로 써 내려간 것이 훌륭하다고 생각한다. 사실 〈잔 딜망Jeanne Dielman, 23 Commerce Quay, 1080 Brussels〉(1975)을 끝까지 본 적은 한 번도 없지만, 샹탈 애커만Chantal Akerman 영화와도 비슷한 것 같다. 애커만이 삶의 아주 미세한 면면을 보여 주듯 당신 영화도 그랬다.

BK 고맙다. 전에 한 영화계 남성이 2시간 40분에 달하는 내 영화의 러프컷을 보고는 "아무도 2시간 40분이나 되는 '소녀 영화'를 보고 싶어 하지 않을 것"이라는 지적을 했었다.

AB 맙소사… 나쁜 자식!

BOTH (웃음)

BK 시간이 좀 지나고 그 사람이 발언에 대해 사과를 했다.

AB 아, 정말 다행이다. 당신 참 사과를 잘 받아 내는 것 같다.

BOTH (웃음)

BK 그렇다. 사람들이 내 악마성을 알아보는 것 아닐까?

AB 당신이 다른 사람들을 공격하거나 탓하지 않기 때문에 그들이 스스로 잘못을 알아차리게 하는 것 아닐까? 내 생각에 그게 (당신) 영화의 장점이기도 한 것 같다. 당신은 몽둥이를 들고 강요하는 유형이 아니다.

BK 가끔은 그럴 때도 있지만…. 어쨌든, 편집감독과 나는 영화 러닝타임에 대해 고민을 많이 했다. 여전히 2시간 40분 버전이 그립게 느껴질 때도 있다.

AB 최종 편집본의 러닝타임이 얼마나 되나?

BK 2시간 18분이다.

AB 사라진 20여분에는 어떤 내용이 담겨 있나?

BK 여기저기서 수많은 디테일이 사라졌다. 최초 편집본이 좋았지만, 영화를 어떻게든 끝내야 했으니 수가 없었다.

AB 얼마나 아름답게 구성된 이야기였는지 좀 전에도 이야기하고 싶었다. 영화를 두 번째로 봤을 때 꼼꼼하게 당신이 어떤 원리를 가지고 장면들을 배열했는지 확인했다. 인상적이라고밖에 할 수 없었다. 영화를 보는 사람에게는 마치 현실의 우연한 사건들처럼 매끄럽게 보이지만, 사실은 아주 신중하게 구성된 이야기이다.

BK 고맙다.

AB 신scene을 조금씩 잘라 내는 게 큰 변화를 만들었을 것 같다.

BK 그렇다. 아주 고통스러운 과정이었다. 그렇지만 해냈다. 사람들이 내게 "신인 감독이 2시간 18분짜리 첫 영화를 만들다니 참 용감하다"고 하는데, 요즘 만들어지는 영화 중 2시간이 넘는 영화가 드물고, 특별히 첫 장편을 만드는 감독들이 영화를 짧게 만드는 추세다.

AB 그런 확신은 어떻게 가질 수 있었나?

BK 내가 그런 부분에서 좀 고집이 센 편이다. 사람들이 긴 영화를 좋아하지 않는다면 뭐 어쩔 수 없지, 그렇게 생각했다.

AB 보다 싫으면 그냥 나가라?

여성, 서사, 창작에 대해

BK 아니, 그렇다기보다는….

AB (어떤 길이라도) 관객을 붙잡아 둘 수 있다고 생각한 건가?

BK 모든 영화에는 그 영화에 맞는 러닝타임이 있다고 생각한다. 사람
의 수명처럼. 이 영화는 2시간을 넘기지 않고서는 만들 수 없다고 생
각하고 있었다. 영화마다 각자 고유한 속도와 고유한 길이가 있다. 나
는 완벽한 길이를 찾고 싶었을 뿐이다. 그게 가장 큰 걱정이었다. 어
느 시점부터는 관객에 대한 걱정이 사라졌다. 2시간에 못 미치는 영
화로 편집하지 않았다는 사실이 기쁘다.
나는 남성 감독들이 3시간, 8시간 되는 영화를 만들어도 아무도 뭐라
고 하지 않는다는 사실에 화가 난다. 아니, 화가 난다기보다는 놀랍다.

AB 무슨 말인지 알겠다.

BK (이 영화를) '소녀의 성장담'이라고 한다면, 2시간 40분이 무척 길
게 느껴진다. 그 이유를 생각해 보면서 깨달은 게, 실제로 여자아이들
이 말을 그렇게 많이 하지 않아도 사람들은 특별한 이유가 없이 '여자
아이들은 수다스러운 존재들'이라고 생각한다는 것이다. 하지만 남자
들이야말로 듣기보다 말을 쏟아 내는 데 훨씬 익숙하지 않나? 사회 안
에서 여성의 위치 때문이겠지만 그동안 다수가 여성 감독의 '긴' 영화
를 받아들일 수 없었던 것, 그럴 능력 자체가 아예 없었던 것 같다. 〈벌
새〉가 남성 감독이 만든 영화였다면 사람들이 긴 러닝타임에 대해서
질문했을까? 그렇지 않았을 것 같다.

AB 이 영화의 미덕이 거기 있다. 더 정리된 말로 표현하고 싶은데… 〈벌새〉는 '보이지 않는' 소녀에 관한 이야기이다. 그리고 영화는 아주 긴 시간 동안, 큰 관심을 가지고 섬세하게 그녀를 '본'다. 당신이 담으려던 메시지와 형식이 아주 아름답게 융합한 거다.

BK 꼭 길어야만 했다. 아니, 길어야 했다고 말하지 않겠다. 그 길이여야만 했다.

AB 무척 용감하고, 인상적이고, 단호한 결정이다.

BK 그런 얘기를 들으니 기쁘다. 이 영화를 그저 그런 귀여운 성장담이라고 생각하는 건 원치 않는다.

AB 성장영화라는 분류에는 나도 반대한다. 이 영화는 '인간됨Coming-of-Human'에 관한 영화다. 단순한 성장담이 아니다.

BK 사람들이 〈벌새〉를 〈레이디 버드Lady Bird〉(2018)에 곧잘 비교한다. 그러지 않았으면 좋겠다.

AB 그 사람들이 영화를 보기는 한 건가?

BK 그 영화를 좋아하긴 하지만 내 영화와는 비슷한 데가 전혀 없다.

AB 소녀가 나온다는 것을 빼고는.

BK 사람들은 항상 여자들을 서로 비교한다. 그 사이에 아무런 공통점이 없다고 해도 '여자'라는 이유만으로. 아무튼….

AB 또 한 가지 좋았던 점은 정말로 많은 손 글씨가 등장하는 거였다. 노트, 은희가 사람들에게 쓰는 편지, 칠판에 써진 한자까지… 정말 많다. 물건을 훔치는 장소마저 문구점이다! 영지가 스케치북을 선물하기도 하고. 의도가 있었나?

BK 음, 사람들 손 글씨를 보는 걸 그냥 좋아한다. 모르겠다. 은희가 선생님에게 편지를 쓸 때, 그 향수 어린 느낌이 좋았다. 요즘 사람들은 서로 편지를 안 쓰니까.

AB 포스트잇에 글을 쓰는 장면, 그 포스트잇을 책상에 붙이는 장면에 그렇게 많은 공을 들였다는 게 너무 마음에 들었다.

BK 맞다! 포스트잇을 완벽한 위치에서 포착하려고 무지 많은 테이크를 할애했다.

AB 재미있는 에피소드다.

BK 손 편지에는 이메일이나 문자메시지에는 없는 영혼이 담겨 있다고 생각한다. 말 그대로 '손'으로 쓴 편지기 때문이다. 쓴다는 행위에는 깊이 있는 무언가가 있다.

AB 동의한다. 글씨를 쓰는 손이 종이에 닿으면서 사람에게서 나오는 무언가가 종이 위에 배어나게 마련이다.

BK 맞다! 그걸 포착하고 싶었던 것 같다. 그래서 여러 번 손 글씨를 보여 주었던 거다. 다행히도 나랑은 다르게 은희 역의 배우가 글씨를 참 잘 썼다.

AB 또 은희가 만화가라는, 그림으로 표현하는 사람이라는 게…. 그게 참 좋았다.

BK 사실 어릴 적에는 만화가가 되는 게 꿈이었다.

AB 정말? 아직도 그림을 그리나?

BK 그리긴 하지만 별로 잘 그리지는 못한다. 그리고 (손 글씨 때문에 알았지만) 나와 은희 역의 배우, 영지 역의 배우 모두 왼손잡이였다.

AB 눈치채지 못했다.

BK 정말? 많은 사람이 그랬다. 나도 촬영 전까지는 몰랐다. 두 배우 모두 왼손잡이라는 걸 알고 무척 반가웠다. 글씨를 쓸 때는 오른손을, 그림을 그릴 때는 왼손을 쓰니까 엄밀히 말하면 나는 양손잡이다.

AB (웃음)

여성, 서사, 창작에 대해

BK 내가 처음으로 산 책이 『김숙의 만화작법』이었다! 지금도 그래픽노블에 대한 애정이 크다. 그래서 〈리코더 시험〉도 〈벌새〉도 주인공이 만화에 관심이 많은 인물이다. 그렇게 하고 싶었다.

AB **너무 마음에 든다.**

BK 당신 책에서도 편지와 손 글씨에 대한 애정이 읽힌다. 그래픽노블에 쓰인 글자들도 손 글씨처럼 보인다. 당신 작품에도 문학작품이 많이 활용된 것 같은데, 내 영화도 그랬다. 영지의 서가에 꽂힌 책들을 보여 준다든가, 헤르만 헤세의 『크눌프Knulp』를 보여 주기도 했다. 은희가 영지에게 선물하는 것도 책이다.

AB **『적과 흑The Red and the Black』.**

BK 맞다, 『적과 흑』.

AB **의미가 궁금하다.**

BK 90년대 학부모들 사이에 문학 전집을 사는 게 유행이었다. 정말 읽으려고 산다기보다 서가를 장식하려는 거였는데, 우리 집에도 있었다. 부모님은 읽지 않았지만 아이들은 용케 읽는 일이 있었고, 나도 전집에서 여러 권을 읽었다. 『적과 흑』도 그중 하나인데, 거기에는 줄리앙 소렐이라는 인물이 나온다. 줄리앙은 무척 예민하고 자기중심적인 사람이다. 그는 주변 모든 것에 몰입하는 성격에, 수치심도 많이 느낀다. 그런 줄리앙의 성격이 드러나는 독백이 소설 곳곳에 등장한다. 나는 줄리앙이라는 캐릭터를 무척 좋아했는데, 어린 시절 나 역시 스스로 "내가 미친 거 아닐까? 왜 이렇게 생각이 많은 거지?"라는 고민이 있었기 때문이다. 나처럼 내면에 대한 고민과 독백이 많은 인물형을 책에서 발견하면서 왠지 모르게 안심이 됐다. 그래서『적과 흑』을 영화에도 활용하기로 했다. 영화에 나오는 책도 그렇고 영화 속 몇몇 소품은 실제 우리 부모님 집에서 가져왔다.

AB 정말로? 와⋯. 멋진 이야기다.

BK 당신에게 묻고 싶었던 것이 조금 더 있다. 〈벌새〉에서 가장 마음에 들었던 장면이나 기억에 남는 장면이 있는지?

AB 영지와의 신들이 가장 좋았다. 누군가 은희를 발견하고 바라봐 줬다는 점에 큰 안도감을 느꼈다. 영지는 무척이나 미스터리한 캐릭터였다. 예를 들어, 영지는 별로 따뜻하지도, 모성애가 넘치는 인물도 아니다. 내성적인 사람이고⋯. 무척 미스터리했다. 한문 학원 원장님이 계속 말했듯이 그녀는 좀 '이상'했다. 영지와 은희가 관계를 키워 나가는 모든 신들이 좋았고. 참, 트램펄린 신도 좋았다. 어렸을 적에 같이 트램펄린을 타던 친구가 있었다. 그런 별난 신체 활동을 하면서 계속 서로 대화하며 어떤 친밀감을 쌓아 간다는 데서 뭔가 마법적인 것이 느껴졌고, 그 마법에 나 역시 공감하게 됐다. 은희가 화를 참지 못하고 결국 폭발하는 장면 역시 아주 강렬했다. 은희가 아래위로 펄쩍펄쩍 뛰면서 분노와 좌절감을 토해 내는 모습에서 카타르시스가 느껴졌다.

여성, 서사, 창작에 대해

BK 춤추는 장면 말인가?

AB 그렇다. 영화가 끝나고 나서는 뭔가 묵직한 것을 번쩍 들어 올릴 때 드는 느낌, 가뿐한 느낌 같은 게 찾아왔다. 엄청난 쾌감이었다. 당신이 어떤 식으로 이 묵직한 대서사시를 마무리할지 알 수가 없었는데 마치 마지막에 내레이션으로 읽히는 편지처럼 이야기는 아주 매끄럽게 끝났다. 연금술 같은 변화가, 기적이 일어난 거다.
세상을 다른 눈으로 보게 되는 순간은 작은 선물 같다. 뭐랄까… 아주 긍정적인 기분이 됐다. 행복했다. 결국 삶에는 의미가 있다는…. 매우 강렬한 느낌이었다.

BK 정말 그렇다. 은희가 만화를 그린다는 점 말고도 '아, 이런 부분은 (개인적으로) 정말 공감할 수 있다'고 느낀 것이 있나? 은희 캐릭터가 아니더라도 영화 전반에서….

AB 은희가 모든 사건의 중심이면서도 눈에 띄지 않는 존재라는 점. 은희는 딱히 특별한 데가 없다. 하지만 그냥 평범한 아이라는 것, 거기에 아름다움이 있다. 그럼에도 자족적인 능력이 있다. 아마 그래야만 했기 때문인 것 같다. 많은 시간 혼자여야 했기 때문에. 그 점이 좋았다. 혼자서 병원에 가는, 그런 은희의 자족성에 공감한 것 같다.

BK 무슨 뜻인지 이해한다.

AB 영지가 은희를 보러 병원에 오는 장면도 참 좋았다. 맙소사, 사실

그건…. 내가 어린 시절 갈망하던 판타지였다…!

BK 정말로?

AB … 선생님이 찾아와서 내 자는 모습을 바라보는 거.

BK 당신 책에도 그 장면을 넣지 않았나? 어쩐지 낯이 익은 것 같다.

AB 아마 『당신 엄마 맞아?』에 그런 장면을 넣었던 것 같다. 그래서 영화에서 그 장면을 보고는 '맙소사, 내가 제일 바라던 거잖아!' 하고 생각했다. 은희가 누군가에게 그런 상냥하고 애정 어린 관심을 받는 것이 좋았다.
어린 시절 영화에 나왔던 것처럼 고층 아파트에 살았나?

BK (영화에 나왔던) 그 아파트에 몇 년간 살다가 다른 단지로 이사했다. 한국 아파트는 홍콩처럼 모두 고층이고, 사람들은 고층 아파트 단지를 선호한다. 미국에서라면 그런 고층 아파트를 프로젝트projects(역주: 저소득층을 위한 임대 아파트)라고 생각하겠지만, 한국에서는 전혀 다른 의미다. 한국 사람들은 그렇게 똑같이 생긴 건물에서 사는 데 익숙하다. 무수히 늘어선 똑같이 생긴 문이라든가….

AB 완전히 똑같은….

BK 한국을 상징적으로 보여 주는 무척 중요한 이미지이다.

여성, 서사, 창작에 대해

AB 〈벌새〉는 세상 속에 스스로 설 자리를 찾는 이야기이다. 영화를 보는 동안에는 쉽게 눈치채기 어렵지만, 굉장히 정치적인 영화이기도 하다. 철거민 현수막에 대해서는 정확히 어떤 상황인지 이해할 수 없었다. 개발 때문에 집을 잃게 된 것인가?

BK 그렇다. 당시 한국에는 재개발 문제가 많았다. 물론 지금도 그렇다. 특히 내가 자란 곳은 90년대에 빠르게 개발된 동네였다. 지금은 서울에서도 부의 상징으로 꼽히는 아주 큰 빌딩(타워팰리스)이 영화에 나오는 그 컨테이너촌 자리에 서 있다. 그 빌딩을 볼 때마다 화가 난다. 많은 한국 관객이 정치적이지 않은 방식으로 정치적인 이야기를 전했다는 점에서 이 영화를 좋아한다고 말해 줬다. 공감할 만한 감상인가?

AB 당연하다. 정확히 내가 말하려던 지점이다. 그 모든 것이 어떻게 개개인의 삶에 영향을 끼쳤는지를 보여 줬다. 또 그것들이 다리의 붕괴로 이어졌던 거고.

BK 당신도 페미니스트로서 "개인적인 것이 정치적인 것이다"라는 문구가 익숙할 거다. 그걸 적용하고 싶었다.

AB 잘 해냈다. 무척 아름답게.

BK 〈벌새〉를 보면서 여성으로 성장하는 과정이나 여성으로서의 경험, 성소수자 관련 문제 혹은 페미니즘의 관점에서, 아니면 90년대 미국과 한국이라는 환경 사이에 비슷한 점이 느껴졌는지 궁금하다. 차이점이어도 좋다. 미국에 살면서 아무래도 한국 여성 감독의 영화를 많이 보지는 못했을 것 같다. '여성 감독'이 만든 90년대 한국에 관한 영화를 보는 게 당신에게 어떤 경험이었나? 참고로 〈벌새〉는 벡델테스트를 통과했다!

AB 정말인가? 그렇다면 내가 메달을 만들어 줘야겠다!

BOTH (웃음)

AB 좀 어려운 질문이다. 내가 여자'아이'였을 때, 나는 정말이지 여자아이인 걸 참을 수가 없었다. 내가 자란 60년대는 여자아이인 동시에 삶을 누리고 인격을 가진 인간이 된다는 것이 불가능한 시대였다. 내가 남자아이가 아니라는 건 알고 있었지만, 그래도 다른 여자아이들과 나를 동일시하지는 않았다. 뭐랄까… 당시 '여자아이'에 대한 내 태도는 부정적인 쪽에 가까웠다. 어린 시절에 내가 읽었던 여성에 대한 이야기들은 전부 다 멍청했다. 실제로 그랬다.

BK '멍청한' 소녀 이야기가 많기도 하다. 소녀들에 대한 '멍청한' 이야기 말이다.

AB 사실 어렸을 때 나는 남자와 소년들만 그림으로 그렸다. 남자들은 항상 내가 중요하다고 생각하는 멋지고 흥미로운 일들을 하는 것처럼 보였다. 말하자면 나는… 그런 식으로 나의 여성성을 대체해 버렸다.

(여성이라는) 비존재로서의 미래를 마주하기가 너무나도 괴로웠기 때문에 스스로 가진 여성성을 무시했던 거다. 내가 봤던 모든 여성 캐릭터들처럼 '대상'이 되고 싶지는 않았다. (어린 시절에) 다른 여자아이들과 맺은 관계가 거의 없다시피 했고, 심지어 소녀들을 다룬 책도 읽지 않았다. 낸시 드루Nancy Drew의 미스터리 시리즈나 루이자 메이 올콧Louisa May Alcott의 책들은 읽고 싶지 않았다. 물론 결과적으로『작은 아씨들Little Women』같은 루이자 메이 올콧 작품을 읽기는 했다. 좋은 작품이었고. 하지만 더 어렸을 때는 그런 책들, 그러니까 '여자애'들을 위한 책은 절대로 읽고 싶지 않았다. 내가 여러모로 문제가 많았고, 그런 의미에서….

BK 소녀의 '소녀혐오'였나?

AB 그렇다.

BK 나도 그랬다.

AB 정말인가?

BK 당연하다. (그 이미지가 어떤지) 잘 알기 때문에 혐오할 수밖에 없다. 비슷한 맥락인지 모르겠지만, 어떤 게이는 동성애자를 혐오하기도 한다. 그런 식으로 '소녀'를 싫어한 건가?

AB 맞는 말인 것 같다. 내면화된 여성혐오. 일정 부분 그랬던 것 같다.

하지만 현실이 그렇기도 했다. 누가 도대체 그런 폄하되는 인간이 되고 싶겠나? (그런 멍청한 캐릭터들과 나를) 절대 동일시할 수 없었다.

BK 그럼, 생각이 바뀌게 된 계기가 궁금하다.

AB 대학을 다니면서 내가 레즈비언이라는 것을 깨달았다. 시스템 밖으로 나와 보니 시스템 전체가 어떤 식으로 작동하는지 보였다. 시스템 안에서는 결코 볼 수 없던 것들…. 나는 그냥 아무것도 모르는 백인 중산층 아이였을 뿐, 권력이 작동하는 방식을 몰랐던 거다. 커밍아웃을 하고 나서 나는 운 좋게도 많은 페미니스트 운동가가 권력에 대해 발언하는 시대와 장소에 속해 있었다. 그래서 페미니즘 정치학에 무척 열중했었다. 여자로서 그리고 레즈비언으로서도 완전한 인간이 될 수 있다는 건 무척이나 흥분되는 일이었다. 그렇지만 무엇보다도, 정치화를 통해 자기혐오에서 벗어날 수 있었다.
〈벌새〉에서 은희가 영지에게 스스로가 싫어진 적이 없냐고 묻는 대사가 참 좋았다. 영지는 "응, 자주 그래" 하고 답하는데, 정말 멋진 대답이다.

BK 정말 그렇다. 그 장면에서 배우의 연기가 참 훌륭했다.
그럼 영화에서 페미니즘적인 요소를 찾는다면 어떤 게 있을까?

AB (영화 전체가) 페미니즘 관점에서 만들어졌지만, 과장되거나 이데올로기적인 방식은 아니었다. '이데올로기적'이지 않다는 건, 지나치게 (특정한 이데올로기의 수단으로) 이용한 것처럼 보이지 않았다는 거다. 내 생각엔 그것이 〈벌새〉를 힘 있는 영화로 만든 것 같다. 겉으로 보이는 모습과 숨겨진 정치적 메시지가 공존하는.

BK 영화를 통해서 한국에서 여성으로 성장하는 것에 대해 당신이 배운 것이 있나? 아니면 (미국과의) 유사점 혹은 차이점을 발견했나?

AB 남자 형제들이 행사하는 공공연한 폭력이 무척 놀라웠다. 사실 좀 충격적이었다. 물론 성차별이 (사회 전반에서) 느껴지기는 했지만, 그렇게 어린 시절부터 발현된다는 점이 불편하게 느껴졌다.

BK 당신이 자란 60년대 미국과는 비슷한가?

AB 그렇지 않다. 영화에서 그려진 대로라면 한국에서는 (그런 폭력이) 훨씬 '공공연한' 것 같다. 미국에서는 최소한…

BK 공개적으로 말할 수 없는…?

AB …공개적으로 '실행'하는 것이 용인되지 않았다. (영화에서 본 폭력의 형태와) 비슷한 예가 있었다고 생각되지 않는다. 물론 (미국에도) 다양한 가정폭력이 존재하고 남성은 항상 여성에게 폭력적이었다. 하지만 남매 사이에 공공연한 폭력이 존재한 적은 없다. 남자 형제들이 나를 때린 것보다 내가 그들을 때린 적이 더 많은 것 같다. (웃음)

BK 영화를 통해 한국 사회에 대해 알게 된 것이 있나?

AB 사실 내가 새로 알게 된 가장 깜짝 놀랄 만한 사실은 (여러 차이점에도 불구하고) 한국 사회가 이곳과 많이 비슷하다는 것이다. 사람들은 비슷한 삶을 살고, 비슷한 감정을 가지고 비슷한 성장기를 겪는다는 것.

BK 당신, 개인과도 비슷한 점이 있었나?

AB 은희의 또래 집단이 우정을 다루는 방식이라든가 아주 어색하고 때때로 잔인하기도 한 관계들? 그 나이대를 벗어나면 어린 시절 맺었던 그런 관계들이 어떻게 작동했는지 잊기 쉽다. 하지만 당신은 그것을 잘 포착해 냈다. 굉장히 사실적이고 또 정확하게.

BK 교육과 가족에 대해서는 어떤가?

AB 교육에 부여되는 중요성이 놀라웠다. 내가 한 번도 경험해 보지 못한 것이다. 무척 치열해 보였다. 마지막 장면에서 은희는 대학교로 견학을 가는 것인가?

BK 아니, 아니다. 그냥 지방으로 가는 수학여행이다. 여기(미국)에도 명문 대학을 견학하는 프로그램이 있지 않나?

AB 나는 경험해 보지 못했지만, 미국에도 그런 학교가 있을지 모른다. (은희의) 오빠는 대학교에 다녀왔던 것 같은데, 비슷한 견학인 줄 알았다.

여성, 서사, 창작에 대해

BK 한국에는 아이들에게 좋은 학교를 보여 주려고 직접 견학을 가는 가정도 있다. 내가 살던 곳이 특히 교육열과 그에 관한 스트레스로 악명 높은 그런 지역이었다. 오빠가 〈리코더 시험〉을 보고 난 후에 처음으로 "보라야 그거 아니? 나도 어렸을 때 부모님 직업 때문에 반에서 놀림받았어" 하고 말한 적이 있다. 항상 모범생이고, 우등생인 데다 심지어 전교 부회장까지 했다! 그럼에도 부모님 직업 때문에 놀림을 받았다는 사실이… 슬펐다. 내가 자란 동네가 얼마나 뒤틀렸는지에 대해서 생각하게 됐다. 잘사는 사람들과 그렇지 못한 사람들이 모여 사는 독특한 지역이었다. 사실 서울에서도 좋은 주거지역으로 꼽히기 때문에 우리로서는 아파트 단지가 비싸지던 시기에 그 지역으로 이사한 게 꽤나 행운이었다. 한국 사람들은 그런 문맥을 쉽게 이해한다. 그 지역의 부모들은 특별히 자식들에 대한 교육열이 높아서 교육을 위해 아이들을 미국으로 보내기도 한다.

"항상 솔직해야 한다는 강박 같은 걸 느끼는데, 그러고 나서는 이 영화가 개인사적인 것으로 치부될까 봐 두려워한다."

BK (작품에 대해) 사적인 질문을 받으면 보통 어떤 식으로 대처하나?

AB 사실 잘 대처하지 못한다. 대부분 그냥 항복한다. 갑자기 (내가 작가라는 것도 잊고) 가족의 신상에 관한 비밀을 그냥 발설해 버린다. 엄청난 중압감 때문이다. 사람들이 그런 것을 내게서 얻고 싶어 한다고 느끼곤 한다. 그래서 그냥 원하는 걸 내주게 된다.

BK 그러고 나서 후회하나?

AB 후회한다. 그렇게 하지 않아도 괜찮다는 걸 깨닫기까지 오랜 시간이 걸렸다. 이미 저질러 버렸다. 책들도 썼고. 아직도 더 까발릴 게 남았을까 싶다. "당신 가족이 당신 책에 대해 어떻게 느끼는가?"라는 (사람들의) 질문에 답하면서, 공개하지 않아도 될 가족의 사생활을 폭로해 온 나 역시 문제의 일부라는 사실을 깨달았다. 만약 가족이 어떤 사안에 대해 양가적인 감정을 갖는다면, 그걸 굳이 세상에 이야기할 필요는 없다.

BK 나도 비슷한 문제를 겪는다. 사람들은 항상 사적인 질문을 한다. 특히 저널리스트들은 더 많은 관심을 끌어내기 위해 사적인 영역으로 파고든다. 누군가와 이야기를 할 때면 항상 솔직해야 한다는 강박 같은 걸 느끼는데, 그래서 결국 나에 대해 너무 많이 이야기해 버리고 만다. 그러고 나서는 이 영화가 개인사적인 것으로 치부될까 봐 두려워한다. 그건 내가 원하는 게 아니다.

AB 다른 사람들이 영화를 특정한 방향으로 몰고 가는 것을 경계하는 걸 거다.

BK 그래서 균형을 유지하려고 노력한다.

AB 내가 시도해 온 방식은, 이야기의 '내용'에 대해서 답변하기보다는 질문을 조금 에둘러서 내가 이야기를 하는 '방식'에 대해 좀 더 공식적으로 답변하는 거다.

BK 당신이 만드는 이야기는 무척 개인적이지만 그 '방식' 면에서 잘 정돈되어 있다. 그 모든 것을 한 책 안에 엮어 냈다. 공예가나 악기를 아주 잘 다루는 연주자들이 하는 것처럼 예술가로서 상당한 공을 들여야 했을 거다. 사적인 질문에 답하는 것은 항상 까다로운 일이다. 개인적인 경험에 바탕을 둔 작업이라도 결과적으로는 개인적인 것을 넘어선다. 예술 작품이기 때문에. 사적인 질문에 잘 대처할 방법을 계속 고민 중이다.

AB 당신이 다른 사람들에게 빚진 건 없다. (그러니) 그들이 원하는 걸 꼭 내줄 필요는 없다.

BK 그런데 당신은 내게 보낸 메일에서 우리 가족이 이 영화를 보고 나서 어떻게 반응했는지를 물었다. 어쩌면 이렇게 직접 대화할 자리를 만들고 싶다고 생각한 것도 그 질문 때문이었는지 모르겠다. 당신도 나와 마찬가지로 가족에 대한 이야기를 가지고 작품을 만들고 있

여성, 서사, 창작에 대해

기에 그 질문이 내 작업과 예술가로서의 나에 대한 깊은 이해에서 나온 것처럼 느껴졌다. 그 질문에 대해 더 이야기해 줄 수 있을까?

AB 좋다. 그 질문은 사실⋯ 자주 받는 질문이고, 또 나를 무척 언짢게 하는 질문이기도 하다. 나는 "당신 가족들이 그 기억에 대해, 그러니까 당신 가족의 비밀에 대해서 어떻게 느끼고 있나?"라는 질문을 자주 받아 왔다. 그래서 스스로도 이 질문에 대해 많은 생각을 해야 했다.

BK 사실 나 역시 다른 사람들에게 그런 질문을 받을 때 같은 기분이다.

AB 알고 있다. 그런 질문은 작품이 아닌 '나'에게 초점을 옮겨 버리고, 내 작품을 단순히 개인적 문제로 치환해 버린다.

BK 그런데도 당신이 내게 그 질문을 했다면, 이유가 있을 것 같다.

AB 〈벌새〉를 보면서 다른 사람들이 내 작품에 대해 품었다면 짜증이 났을 게 분명한, 그런 의문을 내 자신이 품었다는 게 우스웠다. 그렇지만 (내가 보는 것 중) 얼마만큼이 감독의 진짜 삶인지, 당신의 경험을 얼마나 정확하게 재현하고 있는지에 대해 계속해서 생각할 수밖에 없었다. 물론 나는 작가가 작품에 묘사한 모든 것을 직접 경험했는지 아닌지를 묻는 것 자체가 예술 작품에 품을 만한 정당한 질문이 아니라는 것을 알고 있다. 하지만 내게 그 의문이 온당하다고 느끼는 이유는 내가 작업을 하는 방식과 당신이 하는 작업 방식이 같기 때문이다. 나는 내 삶을 그린다. 날것 그대로의 삶을 유기적이면서도 형식을 갖춘, 잘

구성된 이야기로 만드는 작업은 무척 흥미로운 일이다. 왜냐하면 삶 자체로는 이야기가 아니기 때문이다. 삶은 그저 '우연한 사건'들에 다름 아니다.

BK 정말 그렇다.

AB 내가 〈벌새〉에서 본 것은, 우연한 삶의 파편들이었다. 하지만 그 것들은 무척이나 정확하고 동시에 의미 있는, 뭐랄까… 의미가 가득 담긴 장면들이었다. 그저 계속해서 펼쳐지는 삶 그 자체를 모아다가 잘 짜여진, 의미 있는 서사로 변화시켰다는 사실에 감탄했다. 그래서 당신이 얼마나 경험에 충실했는지 궁금했던 것 같다. 리뷰나 다른 기사에서 (당신의 영화가) 자전적인 경험에 바탕을 두었다는 내용을 읽었다. 그래서 최소한 당신 가족이 영화 속의 가족과 비슷할 것이라는 가정을 토대로 그들이 자신들의 과거를 들춰내는 이야기를 어떻게 받아들였을지 궁금했다. 왜냐하면, 가족의 진실에 대해 (공공연하게) 이야기하는 일이 사회적으로 잘 용인되지 않는 일이니까….

BK 그렇다, 사실이다.

AB 그렇지만 당신은 가족의 진실에 대해서, 고통스러울 수 있는 진실을 무척이나 날것 그대로 보여 줬다. 그래서 궁금했다. 어떻게 그런 용기를 내게 되었나?

BK 내가 무슨 일을 하고 있었던 건지 잘 몰랐던 것 같다. 물론 불안했다.

여성, 서사, 창작에 대해

아니다, 사실 부산에서의 첫 상영회가 있기 전까지는 불안하지 않았다.

AB 그게 언제였나?

BK 작년 10월이었다. 첫 상영회가 있기 전, 가족들을 초대해야 한다는 것 때문에 불안해지기 시작했다. 그래서 가족들에게는 부산이 서울에서 머니까 오지 말라고 했다. 물론 내 불안 때문이었다. 가족들을 초대하는 것이 불편했기 때문에…. 하지만 결과적으로 가족들이 부산에 왔다. 심지어 엄마는 벌써 영화를 세 번이나 보셨다. 나중에 엄마에게 들은 거지만 아빠가 서울에서 열린 상영회 내내 우셨다고 했다. 그날 저녁에는 집으로 가지도 않고 사무실에서 하룻밤을 지내셨다고…. 그 일을 듣고서, 뭐랄까…. 애잔하게 느껴졌다. 그게 어떤 의미였는지 알 것만 같았기 때문이다. 그날 밤에 아빠가 문자메시지를 보냈는데, 영화를 무척 잘 봤다고 하면서 아주 놀랍게도, 오히려 "좀 더 처절하게 표현할 수 있었는데, 담담하게 했더구나"라고 말씀 하셨다.

AB 와….

BK 감동적이었다. 아빠가 무척 용감하게 느껴졌다. 아빠는 원래도 예술가 기질이랄까 할 만한 게 있다. 매우 모험적인 성향이고…. 그래도 무척 놀랐다. 왜냐하면 가족 중 누군가가 "도대체 왜 그런 일을 한 거니?" 하고 나를 질책할지 모른다는 생각이 더 컸으니까. 하지만 그런 말을 한 사람은 없었다.

AB 놀랍다.

BK 가족 모두가 굉장히 기뻐했고, 모두들 나를 많이 지지해 주었다. 물론, 언니가 좀 다른 반응을 보이긴 했다. 다른 여러 가지 말 못할 사연도 많지만, 이 자리에서 말할 필요는 없을 것 같다.

AB 알겠다. 그런 '경계boundary'에 대해 배우기 시작한다는 건 좋은 일이다.

BK 당신 작품에도 가족과 친구, 과거 연인들이 많이 등장한다. 형제 자매나 엄마 또는 주변 친구들이 사적인 이야기를 그래픽노블로 만드는 것에 대해서 어떻게 반응했나? 모두 기꺼워했나?

AB 그렇지는 않았다. 나를 포함해서 사람들은 모두 저마다 다르고 동시에, 양가적이다. 나에게 작업이란 가족 안으로 뛰어들어 진실을 발견하고, 그걸 이야기하는 거다. 그건 다시 가족과 연결되려는 일종의 시도이기도 하고. 동시에 그 반대이기도 한데, (무슨 얘기냐면) 작업에 몰두한다는 건 곧 내 삶이나 나를 둘러싼 사람들에게서 벗어나 혼자만의 복잡한 과정 속으로 빠져든다는 것이고, 결과적으로 진짜 세상에는 관심을 기울이지 않는 게 된다. 그런 의미에서 내 작업 과정은 복잡한 체험이다. 지금 만들고 있는 작품에서는 거기에 대해 이야기하려고 한다. 삶을 글로 옮기는 것이 내 직업이며, 열정이고, 사명이다. 하지만 동시에 일종의 도피이기도 하다.

여성, 서사, 창작에 대해

BK   그런 것 같다. 어쨌든, (영화가) 얼마만큼 경험에 충실했냐는 당신 질문에… 솔직히 '정확도' 관점에서 답하기는 어렵다. 하지만 분명히 말하고 싶은 것은, 내 개인적인 경험과 무척 많은 연관이 있다는 것이다. 우리 가족 내의 역학 관계를 차용했고, 또 영화 속에 등장하는 몇몇 캐릭터의 성격은 실제 인물에서 출발한 것이다. 학창 시절 친구의 어머니 중 실제로 "쟤 방앗간 집 딸이잖아"라고 말한 분이 있다. 영화 속 많은 대사들이 내 몸과 마음에 오랫동안 남아 있던 말들이다. 하지만 결론적으로 영화는 결국 허구다. 알다시피 수많은 우연한 사건들로 얼개를 짜고 작품으로 만드는 건 결코 쉬운 일이 아니다. 나는 경험을 완성도를 갖춘 영화의 형태로 만들기 위해 많은 노력을 했고, 그 결과물은 개인적이라기보다는 허구적인 것일 수밖에 없다.

AB   맞다, 그렇다.

BK   결국 내 답은 누군가가 이 영화가 개인적인 경험을 담고 있냐고 묻는다면, 항상 '네' ('혹은'이 아니라) 그리고 '아니오'라는 것이다. 〈벌새〉의 이야기는 개인적이면서 동시에 집단적이고 또 허구적이다.

AB   지난 수년간 당신 가족들은 당신이 어떤 작업을 하는지 알고 있었나? 당신의 작업에 대해 그들에게 이야기한 적이 있었는지, 가족들이 〈리코더 시험〉을 봤는지 궁금하다.

BK   사실 가족 모두를 〈리코더 시험〉 상영회에 초대했다. 상영이 끝난 직후 다 함께 식사를 했다. 식사 시간 내내 긴 침묵이 이어졌다. 하지만 어색하다기보다는 아름다운, 꼭 '이해'를 표현하는 침묵 같았다.

AB 와….

BK 뭐랄까, 공동의 경험이었다. 그리고… 용서의 분위기가 감돌았다.
그러면서 아빠가 "나는 너희 엄마 두고 바람 안 폈다" 하면서 농담을
하기 시작했다. 그래서 모두들 웃었다.

AB (웃음)

BK 나는 "아빠, 그냥 영화잖아요" 하고 받아쳤다. 영화의 어떤 부분은
사실이 아니었다. 어쨌든 우리는 그냥 저녁을 먹었다. 서로 많은 말을
한 것은 아니었지만 식사를 마칠 때까지 아주 따뜻한 분위기였다. 무
척 아름다운 시간이었다.

AB 작업을 마치기 전에 가족과 일종의 화해를 할 수 있었나? 아니면
작업을 하는 내내 갈등이 계속되고 있었던 건가?

BK 열여덟 살 때부터 명상을 해 왔다. 명상을 시작하기에 상당히 어
린 나이였지만 무작정 집 근처 명상 센터에 찾아갔다. 명상 센터 사람
들은 보통 나보다 나이가 훨씬 많았다. 그리고 내가 왜 거기 갔는지는
몰랐지만 나를 무척 아껴 주었다. 거기 있는 게 무척 편했다. 그리고
그때부터 명상과 심리학 그리고 트라우마에 관한 책을 많이 읽게 됐
고, 그즈음 가족들에 대해 화가 나기 시작했다. (오히려) 중학생 때는

여성, 서사, 창작에 대해

안 그랬다. 그때는 가족들과 싸울 수 없었다. 고등학생이 되고, 또 대학생이 되면서 가족들에 대한 분노가 일었다. 그때는 가족들이 나를 '나쁜 년'이라고 불렀다. 나는 가족들이 듣기 싫어하는 이야기만 하고 가족들을 추궁하는 나쁜 딸이었다. 20대 중반이 지나서 아빠에게 사과를 받았다. 아빠는 우리를 키울 당시에 스스로가 얼마나 어렸는지에 대해서도 말했다. 당신도 그땐 아이였다고, 어렸었다고. 이제 부모님이 나를 기르던 나이가 되니 그 말의 의미를 더 이해하게 된다. 만약 지금 내가 세 아이를 기르면서 고된 노동을 계속해야만 한다면, 그보다 더 좋은 부모일 수 있을지 확신이 안 선다.

AB 무슨 말인지 알겠다. 나도 그렇게 느낀다.

BK 아빠는 그 후로도 몇 차례 내게 사과를 하셨고, 결국 그 사과를 내가 멈춰야 할 정도였다. 아빠와는 과거에 대해 많은 이야기를 나눈다. 이상하게 들릴지도 모르겠지만, 가족들 중 아빠가 가장 친밀한 대화 상대다. 어쨌든 아빠와 이야기하면서 결혼에 대한 아빠의 생각도 많이 듣게 됐다. "결혼은 열정이 아니라 헌신이다"라든지…. 가족이 될 사람들과 함께 (장래를) 헤쳐 나가겠다는 어떤 약속 같은 것이라고도 했고. 아빠에게서 배운 것이 많다. 〈리코더 시험〉을 찍을 무렵에는 이미 가족과 화해하기 시작할 때였다. 물론 모든 것이 마무리 지어진 그런 화해는 아니었다. 부모님과의 화해는 죽을 때까지 마무리되지 않는 것 같다. 계속되는 (삶의) 여정처럼. 어쨌든 그 (가족-관계라는) 여정은 시작됐고, 그 시작과 아빠와 나눈 대화가 내 단편영화를 있게 했다. 〈리코더 시험〉을 본 뒤에는 오빠가 사과의 문자메시지를 보내왔다. 내게는 무척 의미 있는 일이었다.

AB 와….

BK 꼭 내 어깨 위에 있던 커다란 짐이 눈 녹듯 사라진 것 같은 느낌이었다. 좀 이상한 기분이었는데, 오빠에게 문자메시지를 받은 후 곧 우울해졌기 때문이다. 오빠를 향한 그동안의 원한과 회한이 마치 나 자신의 일부였던 것처럼 말이다. 메시지를 받은 뒤에 내 안의 일부가 죽고, 트라우마에서 벗어나 다시 태어나야만 했다. 그래서…

AB 사라진 당신의 일부에 대한 애도가 필요했던 건가?

BK 그렇다. 안 좋은 기억이나 트라우마라고 해도…

AB 당신이었던 거다.

BK … 붙잡고 있게 된다. 그걸 자기 자신이라고 생각하게 되는 거다. 많이 배우는 경험이었다. 〈벌새〉의 각본을 쓰기 시작한 후, 가족들과 나의 이야기를 확장하기 위해 시야를 넓히기 시작했다.

AB 결국 명상이 가족을 직면할 수 있는 거리감을 당신에게 줬던 것 같다.

BK 그랬다. 대학을 졸업하고 페미니스트 친구들과 집중적인 그룹 치

여성, 서사, 창작에 대해

료를 했다. 무엇보다도 페미니즘을 통해 남성중심적인 사회에 대해 다시 생각하면서 내가 겪은 트라우마가 나 개인의 잘못이 아닌 남성 우월주의Machoism와 가부장제 때문이었다는 것을 알게 되었다.

페미니즘과 명상의 도움을 정말 많이 받았다. 페미니스트 친구들과 함께 가족사를 써 보기도 했고, 우리가 좋아하거나 싫어하는 부모님의 모습과 싫어하면서도 나도 모르게 따라하지만 대물림해서는 안 될 행동들을 쓴 리스트를 만들기도 했다. 그러면서 부모님에 대해, 내가 누구인지에 대해 깊이 생각해 보게 됐다. 그 과정에서 부모님께 물려받은 많은 장점이 지금 내게 있다는 사실을 깨달았다. 그전까지는 부모님을 그저 증오할 뿐이었다. 부모님이 내게 준 좋은 영향들에 대해 깨달은 것이 가족에 대한 생각에 균형추 역할을 하게 됐다. 예를 들어 부모님은 자주 부부 싸움을 하셨는데, 크고 나서 생각해 보니 그럼에도 두 분이 행복했다는 사실을 깨닫게 되었다. 지금도 함께 행복한 노년을 보내고 계시지만, 부모님은 내가 어릴 적에도 일을 마치고 집에 돌아오면 밤늦게까지 식탁에 앉아 많은 이야기를 나누곤 했다. 그 대화가 몇 시간씩 이어질 때도 많았다.

AB 와, 대단하다.

BK 나도 그렇게 생각한다. 나는 모든 부모들이 그런 줄 알았다.

AB 그런 사람들은 드물다.

BK 맞다. 부모님은 대화가 많은 부부였다. 함께 일하고, 하루 대부분을 함께 보냈다. 아마도 그 때문에 싸움이 더 잦았는지도 모른다. 물론 서로 많이 싸웠고, 힘들게 사셨지만, (그들의 인생에는) 내가 보기를 거부해 왔던 많은 아름다운 순간들이 있었고 그게 보이기 시작했다. 이런 탐구와 자각이 〈리코더 시험〉과 〈벌새〉를 만드는 데 큰 도움이 됐다. 마치 캐릭터 스터디를 하듯, 부모님과 언니, 오빠에 대해 알아 가는 데 많은 시간을 썼다. 무척 좋은 경험이었다.

AB 영화에서 당신이 부모님을 악당처럼 그리지 않았다는 게 인상적이다. 은희의 부모님은 은희를 무시하고 방치한다. 그럼에도 불구하고 그들이 은희를 '보는' 순간이 있다. 엄마가 은희에게 감자전을 만들어 주는 장면이 특별히 좋았다. 감자전을 만드는 행동이 큰 사랑의 표현이었을 뿐 아니라 내 기억이 틀리지 않다면, 영화에서 처음으로 엄마가 은희를 문자 그대로 '바라보는' 순간이었던 것 같다.

BK 맞는 말이다. 내 의도였다. 당신 작품 속 캐릭터들도 비슷하다. 작품에 나오는 인물들 모두 복잡다단하다. 결코 일차원적이지 않다.

AB 그게 핵심이다. 진지하게 이야기를 하려는 사람은 어떤 것도 일차원적으로 받아들일 수 없다.

BK 그런 것 같다.

AB 내게 가족에 대해 글을 쓰는 일은 문학적이고 미적인 과정이면서 심리적인 과정이기도 하다. 가족들에 대해 품어 온 내 감정을 되짚어 봐야 할 뿐 아니라 (캐릭터인) 그들과의 동일시가 필요하기 때문이다. 이제야 어린 시절에는 도무지 이해할 수 없었던, 그들이 겪었을 스트레스에 대해 이해하는 것이다. 물론 성인이 된 후에도 모든 걸 이해하기는 어렵다. 많은 사람이 부모를 비난하기만 하는 감정의 늪에 빠져 부모의 좋은 점들을 발견하면서 얻을 수 있는 혜택을 누리지 못한다.

BK 방금 그 내용을 듣고 떠오른 건데,『당신 엄마 맞아?』의 마지막 문장을 정말 좋아한다.

AB 어떻게 내 어머니가 '출구'를 보여 줬는가에 관한 건가?

BK 그렇다. 출구.

AB 사람들은 "그래서 그게 무슨 소리냐? 무슨 출구?" 하고 묻곤 한다. 그러면 "글쎄…. 그냥 출구" 하고 대답한다.

BK 설명이 필요없다. 그 문장만으로도 충분하다고 생각한다.

AB 나 역시 그렇다. 나는 부모님이 나를 배 밖으로 내던져 버렸다고 느낀다. 그들 스스로가 너무나 지쳐 있었기 때문에….

BK 스스로와의 싸움 때문에?

AB 음…. 감정적인… 스스로와의 싸움이라고 할 수 있을 것 같다. 어쟀든 부모님은 배 밖으로 구명조끼도 던져 줬다. 그 구명조끼는 쓰고 그리는 것, 그리고 세상을 바라보는 방식이었다.

BK (눈물을 흘리며) 내가 눈물을 보여도 놀라지 말아 줬으면 좋겠다….

AB 그렇게 갑자기 눈물을 터뜨릴 수 있다니 대단하다!

BK 어제부터 당신과 이야기하면서 굉장히 감정적이 됐다. 그렇지만 원래 감정적인 편이니 걱정하지 않았으면 한다. 내가 울더라도 대화를 멈출 필요는 없다.

AB 좋다. 알겠다. 사실 영화 안에서 '울음'의 기능도 무척 흥미로웠다. 확실하지는 않지만, 영화 안에서 울었던 캐릭터들은 아빠와 오빠뿐인 것 같다. 남성중심적인 사회는 여성들뿐 아니라 거기에 속한 구성원 모두를 다치게 한다. 어디에도 치우치지 않은 방식으로, 아주 자연스럽게 그 사실을 보여 줬다.

BK 그게 나의 의도였다. 지금은 아빠와 오빠를 무척이나 사랑한다. 그래서 그 둘을 나쁜 사람으로 묘사하고 싶지 않았다. 다만 오빠가 겪어야 했던 학업 스트레스나 서울에서 가장으로 살아남기 위해 아빠가 느꼈을 중압감 같은 것을 이해하고 싶었다. 시골 출신인 부모님 두 분이 서울에 살면서 돈을 번다는 것 자체가 무척 힘들었을 거다. 그리고 크면서 아빠가 우는 모습을 자주 봤다. 반대로 엄마는 잘 울지 않는다. 언니의 결혼식에서도 아빠는 정말이지 엉엉 울었다. 식장에서 신

여성, 서사, 창작에 대해

부 도우미가 "딸 결혼식에서 이렇게 많이 우는 아버지는 처음 봤다"라고 할 정도였다. 그렇지만 엄마는 아주 쿨하게 "죄책감이 드니까 우는 거지. 딸이 잘 살 텐데, 도대체 왜 우는 거냐?" 하고 응대했다. 물론 엄마는 농담이었지만, 두 분의 캐릭터를 잘 말해 주는 일화다.

BOTH （웃음）

BK 아빠가 엄마보다 훨씬 더 감정적인 편이다. 그 나름대로 흥미로운 차이지만, 어쨌든 다시 남성중심적 사회에 관한 이야기로 돌아가자면 양성 모두가 가부장제의 피해자가 된다는 말에 나도 동의한다.

AB 영화 속에서 삼촌이 자살하지 않았나?

BK 죽음의 원인에 대해서는 명확히 이야기하지 않았다.

AB 그리고 또… 엄마가 삼촌의 학비를 대기 위해서 일해야 했다는 것도…. 그런 내용도 극 중에 나왔다. 그것도 실화인가?

BK 그렇다. 어쨌든 삼촌이 돌아가시기 며칠 전 우리 집에 찾아왔던 것은 사실이다. 그때 삼촌에게 뭔가 다가오고 있음을 느낀 것 같다. 잊을 수 없는 밤이었다. 삼촌이 무슨 말을 했는지는 정확히 기억나지 않지만, 남자 형제들이 여자 형제들에게 항상 죄책감 같은 것을 느꼈던 것 같다. 돈 때문에 학교에 가지 못했다든가. 우리 오빠 역시 내게 죄책감을 느끼는 것 같다. 실은 부탁한 적이 없는데도 오빠가 이 영화

"어린 시절 일기장들을 들춰 보면서 거기 쓰여 있지 않은 것들까지도 볼 수 있었다."

를 만드는 동안 금전적인 지원을 해 주었다. 그 돈을 거절하지 않는 게 오빠를 기쁘게 할 거라는 걸 알았기 때문에 받아 두었다. 오빠가 성적 때문에 부모님의 관심을 독차지하기는 했지만, 좀 더 깊이 생각해 보면 오빠도 그런 식으로 사랑받는 게 불편하지 않았을까 싶다.

AB 꼭 당신과 당신의 작업이 가족을 화해시킨 것처럼 들린다. 아니면 이건 그냥 내 환상인가?

BK 어느 정도는 맞는 말이라고 생각한다. 나는 언제나 가족의 진실을 파헤치려고 드는 '골칫덩어리'였다. 어쨌든 나는 그 역할을 받아들였고 우리 가족의 역사와 트라우마로 파고들어 우리가 나눠야만 하는 대화를 나누도록 만들었다. 그 과정에서 가족들을 매몰차게 밀어붙인 것은 후회가 된다. 그렇지만 당시에는 선택의 여지가 없었다.

AB 그랬을 거다.

BK 어떤 면에서, 나 혹은 이 영화 작업이 우리 가족을 가깝게 한 건 맞다. 오빠는 내게 미안하다는 문자메시지까지 보냈으니 말이다. 누구라도 자기 모습이 반영된 영화를 보면 지난 일들에 대해서 다시 생각하고 경험하지 않을 수 없을 거다. 오빠에게도 무척 강렬한 경험이었을 거라고 생각한다.

AB 내 가족 중 누군가가 나에 대해서 쓴다는 건 상상할 수도 없다. 그건 마치… 내가 어머니나 아버지에 대해 긍정적으로 쓴다고 해도, 그건 여전히 명백한 '침해'다. 그들을 이야기 속 캐릭터로 만들기 위해서는 인물을 단순화시키고 온전한 인격의 일부를 제거할 수밖에 없다.

BK 그런 의미에서 우리 가족이 작업을 이해해 주고, 또 영화제작을 지원해 주었다는 사실에 무척 감사한다. 가족들 모두 무척 성숙하다. 지금에 와서는 가족을 정말 사랑한다고 말할 수 있는 건 단순히 그들이 내 생물학적 가족이라서가 아니라 사랑할 만한 사람들이기 때문이다. 사실 난 혈연은 별로 중요하다고 생각하지 않는다. 오직 서로를 지지하고, 안정감을 줄 때 진짜 가족이라고 느낀다. 내가 어렸을 때는 가족들로부터 보호받는다는 느낌을 받지 못했다. 하지만 요즘은 정말이지 가족들에게서 많은 안정을 얻는다.

당신과 당신의 작업에 대해서 더 묻고 싶다. 질문은 두 가지다. 당신의 '개인적' 이야기를 서사로 만드는 과정은 어떤 것인지, 특별한 방법이 있는지 궁금하다. 당신이 일기장을 보여 줬는데, 그런 것을 그래픽노블로 바꿔 내는 방법 같은 것 말이다. 두 번째는 『펀 홈』 이후로 당신의 삶이 어떻게 변했는지 하는 거다. 당신도 작품을 통해 과거와 화해할 수 있었는지….

AB 우선 첫 번째 질문. 처음에는 당연히 아무것도 몰랐다. 뭘 어떻게 하는 건지 아무도 가르쳐 주지 않았고. 글쓰기나 만화 그리기를 배워본 적도 없다. 요즘에야 만화 창작 전공으로 석사를 받을 수도 있지만, 내가 어렸을 때 만화는 배우는 것이 아니었다. 그래서 그냥 다른 사람들 작업을 많이 봤다. 그중 몇몇은 특별히 마음에 들었고, 그런 작업들을 따라 하려고 했었다.

여성, 서사, 창작에 대해

BK 가장 영감을 준 작품은 뭔가? 여러 개를 말해도 좋다.

AB 가장 영감을 주었던 책은 홀로코스트를 다룬 그래픽노블이다. 아트 슈피겔만Art Spiegelman의 『쥐Maus』. 80년대 중반, 내가 여전히 20대였을 무렵에 처음 출판된 책이다. 『쥐』는 당시 만화계의 지형을 완전히 바꾸었을 뿐 아니라 내가 만화를 보는 관점에도 지대한 영향을 끼쳤다. 슈퍼히어로나 바보 같은 동물 이야기 말고, 진지하고 큰 주제를 만화에서 다룰 수 있는 계기가 됐다. 그때 만화를 그리면서 만화계의 지각변동을 경험한 것, 스토리텔링의 진화라는 흐름의 일부가 될 수 있었던 것은 큰 행운이라고 생각한다. 내가 자라던 당시에 만화는 저급하고 열등한 문학 분야에 불과했다. 아니, '문학'이라는 단어를 만화에 붙이지도 않았다. 반면 요즘에는 만화가 진지하게 다뤄진다. 이런 변화의 흐름이 '내 이야기'를 할 수 있는 토대가 됐다.

열아홉 살에 아버지의 '일'이 생긴 직후부터 나는 아버지에 대해 이야기하고 싶었다. 이 이야기를 해야 한다는, 일종의 사명감을 느꼈다. 아버지의 감춰진 성정체성이라든가 자살 같은 사건들이 내 삶과 강하게 연결되어 있다고 느꼈기 때문이다. (아버지뿐 아니라) 나 또한 작은 마을에 사는 성소수자였다는 사실, 그러나 아버지와 나의 삶이 전혀 다른 궤적을 따랐다는 것 역시 그 이야기를 중요하게 만드는 듯했다. 아버지는 죽었지만, 나는 퍽 공개적인 레즈비언이 되었다.

처음에는 그냥 산문 형식으로 책을 쓰려고 생각했다. 하지만 두려움 때문에 시도조차 하지 못했다. 아버지가 남자와 불륜 관계에 있었고, 또 자살에 이르렀다는 사실을 말할 수가 없었다. 한참이 지나고 난 후에야, '그럼에도 여전히 그 이야기를 하고 싶다'라는 것을 깨닫게 되었다. 그때는 이미 만화가가 된 후였고, 만화가 내 이야기 방식이 된 후였다. 그러다 보니 자연스럽게 만화를 통해 이야기를 하게 되었다.

BK '사명'이라는 단어가 마음에 든다. 〈벌새〉를 만드는 동안 나도 그렇게 느꼈다. '자, 영화를 만들기로 했으니 이제부터 무슨 얘기를 할지 생각해 볼까' 하는 식은 전혀 아니었다. '내가 꼭 하고 싶은 거대한 이야기가 있는데, 이걸 해내지 못하면 내가 미쳐 버리고 말 거다'라는 방식에 더 가깝다.

AB 그래서 결과적으로 '미쳐 버릴 것 같은' 느낌은 해소됐나?

BK 100퍼센트라고 할 수는 없지만 많이 가벼워졌다. 인생을 건 사명을 막 끝낸 기분이다. 당신도 엄마에 대한 책을 쓰면서 그렇게 느꼈는지? 그 일 역시 또 다른 사명처럼 느꼈나?

AB 그렇다. 그 작업은 그렇게 명확하게 딱 정의할 수 없는 데가 있다. 지금까지도 잘 이해할 수 없는…. 그렇지만 그 이야기 역시 반드시 꺼내야 하는 이야기라고 느꼈다. 아버지에 대해서 썼을 때, 분명한 효과가 있었다. 성인이 된 이후 계속 내 삶에 드리웠던 아버지의 유령이 사라졌고, 해방감이 찾아왔다. 엄마에 대한 책을 쓰면서 비슷한 경험을 바랐다. 그렇게 해서, 거의 기계적으로 엄마를 내 머리 밖으로 쫓아내려고 했었다.

BK 그래서 『당신 엄마 맞아?』 이후로 더 가뿐해졌나?

　　　　　　　　　　　　　　여성, 서사, 창작에 대해

AB 아쉽게도 그런 선명한 효과는 없었다. 당신에게 다 말하지 못한 것들이 있다. 그 책에 대해서는 오랫동안 양가적인 감정을 가지고 있었다. 6년, 7년이 지나고 나서야 겨우 그 작업과 화해한 것 같다.

BK 어떤 이유 때문이었나?'

AB 엇갈린 평가를 받은 책이었다는 점이 한몫 할 것 같다. 아버지에 대한 책과는 다르게 외면받은 책이었다. 아마도 그게 작가의 운명인 것 같다. 어떤 작업은 환영을 받지만 어떤 작업은 그렇지 않다. 작품들이 비교당할 때, 무척 괴롭다.

BK 어떤 기분일지 상상도 가지 않는다.

AB 그게 작가의 삶이다. 받아들이는 방법을 배워야만 한다. 나도 지금껏 받아들이고 이해하기 위해 노력을 기울인다. 이제 와 생각하는 건 사람들이 아버지와 어머니라는 (서로 다른) 대상에 대해, 곧 남자의 이야기와 여자의 이야기에 다른 반응을 보인다는 것이다. 내 어머니에 관한 이야기는 좀 더 복잡하고, 어려웠고…

BK 열린 결말이었기 때문에?

AB … 열린 결말이었고, 더 모호했고…. 그게 꼭 좋은 이야기가 아니라는 의미는 아닌데도 (그런 특징들이) 부정적이라고, 나조차도 내면화해 왔던 것 같다. 아리송하고 헷갈린다고 해서 나쁜 이야기인 것이 아니라, 그게 장점이 될 수 있음을 이제야 겨우 깨달았다.

BK 『펀 홈』이 성공한 뒤에 압박감을 느꼈나?

AB 젠장, 그렇다. 어떻게 사람들이 그걸 이겨 내는지 모르겠다. 당신도 이제 그걸 해내야 한다.

BK 그게 어떤 건가? 자세히 이야기해 줄 수 있을까?

AB 나는 정말이지… 성공 같은 건 전혀 생각해 본 적도, 성공적이었던 적도 없었다. (『주목할 만한 레즈Dykes to Watch Out For』 시리즈로) 비록 작은 성공이나 관심을 얻기는 했지만, 게이문화, 즉 비주류문화라는 장 내에서의 성공과 관심이었다. 나는 거기에 만족하고 있었다.

BK 주류문화 안에서의 성공이 낯설었던 건가?

AB 그렇다. 사실… 나는 (성공의) 기준점조차 모르고 있었다. 나는 무슨 상을 받는다든지 수상 후보자가 된다든지, 그런 게 무슨 뜻인지도 몰랐다. 모든 것이 그저 놀라웠고, 전부 신나는 모험처럼 느껴졌다. 그래서 아무런 기대도 없었다. 다른 책(『당신 엄마 맞아?』)이 출간되고 다시 같은 일이 벌어지지 않자, "뭐야, 지난번에 수상 후보가 되었을 때 엄청 즐겼어야 했는데!" 하고 생각했다.

BK 무슨 말인지 이해한다. 지금은 나한테도 같은 두려움이 있다.

여성, 서사, 창작에 대해

AB   두려워할 필요는 없다. 뭐랄까… 좋은 작품을 만드는 사람이라면 누구나 감당해야 하는 일이다. 당신은 이제 또 다른 좋은 작품을 만들어야 한다. 사람들이…

BK   기대하는 것?

AB   맞다, 기대.『펀 홈』때는 누가 이 책을 볼지, 누가 리뷰를 할 건지 전혀 생각하지 않았다. 그냥 나를 위해서 만든 책이었다. 그런데 엄청난 관심을 받고 난 후부터는 내가 주목받고 있다는, 사람들이 나를 기다리고 있다는 느낌을 받았다. 그게 가장 힘들었다. 누군가가 계속 어깨 너머로 나를 내려다보는 기분이었다. 전혀 집중할 수가 없었다.

BK   그래도『펀 홈』을 끝내고 희망찬 기분을 느꼈나? 과거와 화해하게 됐다거나?

AB   그렇다. 아주 좋은 느낌이었다.

BK   그렇지만 어머니에 대해서는 뭔가 정리되지 않은 것이 있었던 것 아닌가? 그래서 또 다른 작품을 만들게 된 건가?

AB   그렇다. 하지만 이상하게도, 어머니에 대한 책은 내가 아버지에 대한 책을 쓰는 것에 관한 것이었다.

BK   그러면, 두 번째 책(『당신 엄마 맞아?』)이 첫 번째 책(『펀 홈』)보다 훨씬 성공적이었다면 어땠을 것 같나? 그래도 여전히 그 '완결되지 않은 듯한 느낌'이 남아 있을까?

AB 좋은 질문이다. 인정을 받는다는 자체가 무척 기뻤을 것이기 때문에 쉽게 상상이 가지 않는다. '인정'이 핵심이지 않은가? 그건 드디어, 마침내, '보이는 존재'가 된다는 것이다.『펀 홈』이 인정받은 것은 행운이었다. 주목을 받았고 또 좋은 평가를 받았다. 물론, 그 성공이 가능했던 가장 큰 이유는 시기에 있던 것 같다. 게이나 레즈비언의 이야기가 보편적인 공감을 얻을 수 있게 된 것은 일종의 새로운 경향이었다. 만약『펀 홈』이 조금 더 일찍 세상에 나왔다면 사람들 반응이 달랐을지 모른다. 내가 더 어렸던 때라면 결코 책을 쓸 수 없었을 거다. 아무도 읽지 않았을 테니까.

BK 무척 공감한다. 〈벌새〉 역시 시기적으로 운이 좋았다. 작년 부산 영화제에서는 최초로 상영작의 절반이 여성 감독 작품으로 선정됐다. 많은 사람이 놀랐고, "여성영화의 새 흐름"이라고 말했다. 그런 식의 시도는 항상 있어 왔지만, 몇 해 전부터 한국은 페미니즘의 큰 전환기를 맞이하고 있다는 점이 다르다. 내가 〈벌새〉 시놉시스를 쓰기 시작한 것이 2012, 2013년 즈음이니 이 모든 것은 우연의 일치라고 할 만하다. 시기적으로 좋았다.
그럼 결과적으로 누가 당신에게 더 많은 영향을 끼쳤다고 생각하나? 아버지와 어머니 중에서.

AB 거의 동등하다고 생각한다.『펀 홈』에서 내가 어린 시절, 신발을

여성, 서사, 창작에 대해

정리하던 일화에 대한 장면을 기억하나? 나는 항상 신발 양쪽이 정확하게 대칭이 되게 하려고 노력했다. 한쪽은 아버지이고 한쪽은 어머니이기 때문이다. 나는 부모님 두 분이 정확하게 같은 정도로 나에게 영향을 주었다고 생각한다.

BK 개인적인 경험을 집단적인 것으로 바꾸는 과정에 대해서 좀 더 이야기해 보고 싶다. (그렇게 하는) 비법 같은 게 있나? 그 부분에서 가장 자랑할 만한 방법이나 강점은 무엇인가? 예를 들어 좋은 기억력을 가지고 있다든가⋯.

AB 모르겠다. 스스로를 자랑스럽게 여긴다는 게 내게는 너무 어려운 일이다. 작업 과정 중에는 항상 망망대해에 있는 것 같은 느낌이다. 한 번도 제대로 하고 있다는 확신을 가져 본 적이 없다. 오히려 그게 내가 말하고 싶은 바다. 스스로 확신을 가질 때, 뭔가 중요한 걸 놓치게 된다. 언제나 스스로에게 의심을 품고 되물어야 하는 것 같다.

BK 스스로를 의심해라⋯. 맞는 말이다. 반가울 정도로.

AB 물론 고통스러운 일이다. 어렵고⋯

BK 나도 비슷하게 느낀다. 많은 사람이 시나리오가 정말 좋으니 그냥 촬영을 시작하라고 말해 줬을 때도 '어떻게' 만들어야 하는가에 대한 질문을 멈추지 못했다. '이 이야기가 누군가에겐 의미가 있을까?' 같은 질문도 쉽게 떨쳐 버릴 수 없었다. 그런 식으로 생각해 본 적 있나?

AB 맙소사. 매일 그 생각을 한다. 그게 내 동력이자, 내가 재밌는 이야기를 만들기 위해 노력하는 이유다. 그건 정말 중요하다.

BK 대중의 사랑을 받은 책들을 여러 권 출간했고, 당신의 개인적인 경험이 중요한 이야기라는 걸 인정받았다. 그런 것들이 상황을 바꾸었는지? 아니면 여전히 처음과 같은가?

AB 그런 건 전혀 중요하지 않다.

BK 알겠다. 그럼 매번…

AB 새로운 시작이다.

BK 일기를 쓰는 것 외에 과거의 기억을 복기하는 방법이 또 있나? 어떤 식으로 기억을 수집하나?

AB (곰곰이 생각하며) 삶 자체에 이미 이야기가 있다고 믿는다. 내가 할 일은 그저 그것을 찾아내는 것이다. 대리석 덩어리 안에 이미 조각이 있다는 (미켈란젤로의) 표현과도 비슷하다. 창조가 아니다. 이야기는 그냥 거기에 있고, 나는 그저 이야기가 아닌 부분을 들어내면 되는 거다. 〈벌새〉를 보면서 항상 좋아하던 히치콕의 말이 생각났다. "드라마란 인생에서 재미없는 부분을 잘라 낸 것에 다름 아니다"라는. 그런데 당신은 그 '재미없는 부분'을 그대로 남겨 두었다. 예를 들어 가족들이 2분 동안이나 아무 말 없이 그냥 앉아서 밥을 먹는 장면 같은…. 당신은 그 순간들을 카메라에 그냥 담았다. 그게 정말 대단하다.

BK 고맙다.

AB 그런 순간들에는 큰 울림이 있다. 그 아름다운 순간들을 남기기에 적당한 길이였다.

BK 그런 평범한 순간들을 좋아한다. 더 짧게 만들어야 할지 그대로 남겨 둘지를 많이 고민했다. 많은 부분에 숙고와 결정이 필요했다.

AB 당신이 가족과 〈리코더 시험〉을 본 후 함께했다는 그 ‘조용한 식사’가 떠오르는 장면이다.
어쨌든, 내 생각은 이야기는 내 삶의 경험 속에 있고 내가 그것을 찾아내야 한다는 거다. 『펀 홈』에서는 그런 이야기를 찾는 데 성공했다. 어린 시절 일기장들을 들춰 보면서, 거기 쓰여 있지 않는 것들까지도 볼 수 있었다. 그 당시 우리 가족에게 정말로 어떤 일이 일어났는지. 내 어린 시절의 특정한 한 시기에 모든 놀라운 일이 한꺼번에 벌어졌던 때가 있었다. 아버지가 누군가와 함께 있는 모습을 보게 될 뻔한 적도 있었고….

BK 연인?

AB … 젊은 남자였다. 그즈음 어머니는 동성애적 욕망을 간접적으로 표현한 오스카 와일드의 연극에 출연하고 있었고, 나는 첫 생리를 했다. 사회적으로는 워터게이트사건이 터졌는데, 모두들 거짓말을 하고 진실을 감추기에 급급했다. 하지만 나는 이 모든 사건이 동시적으로 일어났다는 사실을 기억하지 못하고 있었다. 어린 시절 일기장을 다시 읽고 나서야 겨우 알아차린 거다. 이 모든 일이 두 달 남짓 사이에 벌어졌다. 이상한 동시성synchronicity이라고밖에 할 수 없다.

BK '이상한 동시성'이라는 표현이 마음에 든다. 나도 내 인생에 대해 비슷한 생각을 한 적이 있다. 내가 중학생이던 시절 한국에서 다리가 붕괴되고, 북한의 지도자가 죽었고, 나는 병원에서 수술을 받았다.

AB 수술 자국이 보인다. 정말 신기하다.

BK 배우 한 명이 "감독님 진짜 수술 자국이 있네요? 이걸 보고 나니 정말 용감한 분이라는 생각이 들어요"라고 말한 적이 있다. 물론 일종의 서스펜스를 주는 서브플롯으로 병원 시퀀스를 넣었다. 내면의 아픔이 어떻게 육체적 징후로 발현되는지도 말하고 싶었고, '혹'이 균열의 상징이 된다고 생각했다. 하지만 병원에 혼자 갔던 일은 실제 기억에 기반한 이야기다.

AB 가슴 아픈 이야기다.

BK 많은 사람이 어린애 혼자서 병원에 갔다는 사실에 놀란다. 나는 "병원에 다 혼자 가는 거 아니에요? 왜 다른 사람들을 데리고 가야 하는 거죠?" 하고 답하곤 한다. 나는 정말 그렇게 생각했고 그게 슬픈 일인지도 몰랐다. 그래도 많은 일을 스스로 해야 했기 때문에 강하게 성장했다고 생각한다. 물론 보호와 자립 사이에는 균형이 필요하지만. 어쨌든, 나에게도 1994년은 무척 '영화적인' 해였다. 예술가라면 누구나 '위대하고도 이상한 동시성'을 발견해 내야 하는 것 같다.

AB 그 일들이 실제로 일어났다는 것을 듣게 되어 무척 기쁘다. 그런 것들은 '창작'이 불가능하다. 삶 자체가 최고의 스토리텔러다.

BK 맞다. 정말이다. 병원 신을 쓰고 난 후, '도대체 누가 어린 여자애가 병원에 다니는 얘기에 관심을 가질까?' 하고 고민도 했다. 심지어 암에 걸린 것도 아닌데. 그러다가 그래픽노블 한 권을 읽게 됐다. 음… 질병에 관한 프랑스 그래픽노블인데, 본 적 있나?

AB 다비드 베David B.의 『발작Epileptic』말인가?

BK 아니, 아니다. 여성 작가의 책이었던 것 같다.

AB 그럼 모르겠다. 어떤 이야기였나?

BK 영어 제목이 기억나지 않는다.(엘로디 뒤랑Elodie Durand의『내 인생의 괄호La Parenthése』) 작가가 질병을 겪어 내는 과정에 관한 이야기다. 그녀가 병에 걸렸다는 것을 깨닫기까지의 긴 여정과, 약물 치료를 받는 과정을 다룬다. 매우 시적이다. 이후에 많은 작가들이 자기가 가진 병을 소재로 쓴다는 걸 알게 됐다. 마리나 아브라모비치Marina Abramović의

비디오아트 작품 중에, 어린 시절 병원에 입원하면서 자신이 '불우한 가정'(역기능 가족Dysfunctional Family)에서 벗어났다는 사실에 기뻐했던 기억을 회고하는 내용이 있다.

AB 당신 영화에서도 그런 상황이 두드러진다. 은희는 야단법석인 아줌마들과 함께 병실에 있는 걸 즐긴다.

BK 이후에 질병과 예술 그리고 성장담 사이의 공통점을 발견했다. 그래서 그 신을 그대로 사용하기로 했다. 그 결정에 만족하고, 사람들이 그 의미를 이해하는 것이 기쁘다. 친구 중 하나는 "지금 병원에 혼자 있는데, 은희 생각이 난다" 하고 농담을 하기도 했다.
당신의 작업 이야기로 다시 돌아가서, 그래서 당신은 그 이상한 동시성을 발견하고, 사건들을 서로 이어 보려고 했던 건가?

AB 어머니에 대한 책을 쓰면서도 (『펀 홈』 때와) 같은 방법을 써 보려고 했지만, 그 시기에서는 분명한 사건을 전혀 찾을 수 없다는 걸 깨달았다. 좀 더 강단을 발휘해 사건들을 서로 연결시켜야 할 것 같은 느낌을 받았지만, 결국 그러지 않았다. 억지로 그 일들에 서사를 부여하고 싶지는 않았다. 그게 예술가 입장에서 합당한 접근법인지 여전히 확신이 없다.

BK 두 책이 왜 달라진 건가?『당신 엄마 맞아?』가 여성에 관한 이야기여서? 아니면 당신과 엄마와의 관계 때문에? 아버지에 대한 이야기와 달리, 어머니 이야기는 여전히 진행 중인 이야기였다.

여성, 서사, 창작에 대해

AB 어머니가 살아 있다는 게 아주 복잡한 요인이었다. 그 당시 엄마와 매일같이 이야기를 했다. 이야기는 여전히 진행 중이었다. 아버지에 대한 이야기는 훨씬 전에 이미 끝난 거였다. 내가 이야기를 통제할 수 있는 정도가 완전히 달랐다. 실제로 아직 끝나지 않은 어머니와의 이야기를 객관적으로 조망하거나 통제하는 건 불가능했다.

BK 내가 틀릴 수도 있겠지만, 혹시 그렇게 다 표현하지 못하고 남은 이야기를 현재 작업에 이용하고 있는 건가?

AB 맞다. 당신 무척 통찰력이 있다. 정확하다.

BK 와. (맞혔다니) 기쁘다.

AB 당신도 그런가? 작업해 보고 싶은, 남은 얘기가 있나?

BK 내 경우는 그렇진 않다. 당신은 그렇지 않을까 하는 느낌이 있었다. 그렇다면 지금 만들고 있는 작품이 가족 삼부작의 결론이 되겠다.

AB 아마도. 뭐 이 책에서도 못 한 이야기가 있으면 그걸 가지고 네 번째 책을 쓸지도 모른다!

BOTH (웃음)

AB 농담이 아니고. 아버지에 대한 책에 다 담지 못한 장면, 이야기, 기록들을 어머니에 대한 책으로 넘겼는데, 지금은 거기에도 다 담지 못한 것들을 쓰고 있다. 어차피 한 번뿐인 인생이다. 그게 내가 쓸 수 있는 전부고. 그러니 쓸 만한 것들은 모조리 써야 한다.

BK 알 것 같다. 당신 작품들이 선형적이지 않은 방식으로, 서로 연결되어 있는 것 같다. (당신이 보낸 이메일에서) 〈벌새〉에 대해 '서사처럼 느껴지지 않는 서사'라는 표현을 했었는데, 거기에 대해 좀 더 구체적으로 설명해 줄 수 있을까?

AB 처음에 영화를 봤을 때, 이야기 없이 삶이 그대로 펼쳐지는 듯한 느낌을 받았다. 시작도 중간도 끝도 없이, 플롯도 없이 말이다. 두 번째로 영화를 보면서 비로소 굉장히 섬세한 플롯을 눈치챘다. 그거야말로 훌륭한 스토리텔링의 증거라고 생각한다. 당신이 (이 서사를 엮어낸) 만든 작은 바늘땀들을 사람들은 쉽게 보지 못할 거다.

BK 고맙다. 당신의 책에서도 같은 느낌을 받는다. 당신은 어떤 식으로 서사를 만드는지도 궁금하다. 당신이 작품에서 보여 주는 서사는 삶 그 자체이자 우주처럼 느껴진다. 나도 당신이 만든 이야기가 어떻게 끝맺어질지 궁금했다. 이야기가 끝났을 때, 마치 이야기는 끝나지 않은 것처럼 느껴졌다. 불완전한 엔딩과는 다르다. 책을 덮은 후에도 삶처럼 그 이야기가 계속되는 듯 느껴졌다는 얘기다.

AB 삶은 그저 계속된다. 그게 모든 예술 작품에 마침표를 찍는 일이 어려운 이유인 것 같다.

BK 당신이 만드는 서사는 독특하고 관습에 얽매이지 않는 것 같다. 그래서 더 궁금하다. 시퀀스나 플롯을 만드나? 어떤 식으로 시작, 중간, 끝을 찾아내는 건가?

AB 위니콧Donald Winnicott에게 많이 의지했다. 모든 것을 다 시도해 보고도 어떻게 서사라는 것이 작동하고, 배치되는 건지 이해할 수 없다고 생각할 무렵이었다. 위니콧이 쓴 책이라면 뭐든 읽었고, 그 이론을 이해하려고 노력했다. 그리고 마침내 가장 호소력 있는 생각들을 담은 논문 예닐곱 개를 발견했다. 그 논문들을 중심으로 내 서사의 구조를 만들었다. 그러니까 나는 이야기의 구조를 다른 데서 훔쳐 와 그 위에 내 이야기를 쌓아 간 거다. 심리 분석에 대한 위니콧의 에세이 몇몇이 내 어머니가 나를 지탱했던 방식에 대해 깨닫게 되는, 그러니까 책의 마지막 장에 도달하는 어떤 길을 제시해 줬다.

BK 그렇다면 당신은 이미 이야기를 만들고 난 뒤에 위니콧을…

AB 아니다. 위니콧에 대한 공부는 계속하고 있었다. 그렇지만 서사를 중반 이상 끌고 간 시점까지도 그의 이론이 나의 뼈대이자 구조라는 사실을 깨닫지 못했다.

BK 알겠다. 그의 책을 읽기는 했지만, 『당신 엄마 맞아?』를 중반 정도까지 완성한 시점까지도 위니콧의 이론을 (직접적으로) 적용하지는 않았다는 건가? 그리고 그 이후에야 (의식적으로 그의 이론을) 당신 이야기의 중추로 사용했고.

AB 맞다. 그렇다.

BK 〈벌새〉의 서사 속 중추는 무엇으로 보였나? 내 영화의 도널드 위니콧은 뭐였던 것 같은가?

AB 영화를 한 번 더 봐야 할 것 같다. 물론… 아주 미묘한 방식이긴 했지만, 분명 다리의 붕괴를 향해 (서사가) 구성되었다고 본다. 확신이 서지는 않는다. 무엇이 이야기의 중추였나?

BK 물론, 다리의 붕괴였다. 붕괴가 클라이맥스로 기능했다. 병원 장면들도 그렇다. 모든 요소가 다리의 붕괴로 향한다.

AB 지숙이 은희에게 부모님이 이혼할 것이라고 말하는 멋진 시퀀스가 있었다. 그 사건은 아주 빠르게 전개됐다. 그리고는 '1994년 10월 21일'이라는 타이틀 카드가 등장한다. 그다음에 이미 철거된 컨테이너촌이 나온다. 길고 긴 느린 페이스 끝에, 갑자기 모든 것이…

BK 아주 빠르게 움직이기 시작한다.

AB … 그랬다. 아주 빨라졌다.

BK 맞다. 그게 서사의 중추이자 병원 시퀀스에서 이어지는 플롯 포인트였다. 사람들도 나라도 가족도 병들고, 이 모든 것이 더 이상 통제 불가능한 어떤 지점으로 향하는 거다. 그 끝에 다리가 무너진다.

BK 마지막으로, 당신이 항상 스스로에게 질문을 던진다는 말에, 예술을 만드는 것에 여전히 두려움을 가진다는 것에, 또한 『당신 엄마 맞아?』에 대해 회의적이었다는 사실에 매우 놀랐고, 한편으로는 기뻤다고 이야기하고 싶다.

AB 맙소사. 평소 존경하던 사람들을 만나, 그들이 나만큼이나 아무것도 모른다는 사실을 발견할 때마다 환상이 깨진다. 그건 마치, "세상에, 결국 나는 아무것도 알 수 없는 건가?" 하는 느낌이다. 당신의 환상을 깨뜨렸다면 미안하다.

BK 그런 건 절대 아니다. 나는 당신이 고유한 방식으로 '지적'이라고 생각한다. 당신은 아주 다른 방식으로 사물을 바라본다. 그러면서도 늘 스스로에게 의문을 품고 되묻는다. 그 사실이 나를 기쁘게 한다기보다는, "그래, 나도 스스로에 대해서 아주 나쁘게만 생각할 필요는 없겠네" 하고 느끼게 만든다고 표현하고 싶다.

AB 좋다. 다행이다. 기쁘게 생각한다. 그런 식으로 느낀다니 나도 무척 기쁘다.

BK 당신의 솔직함에 대해서도 무척 고맙게 생각한다. 당신의 책은 물론이고, 이 인터뷰를 통해서도 말이다.

AB 내가 항상 기억하려고 하는 중요한 사실은⋯ 우리가 모두 매우 독특하다는 거다. 우리 모두는 아주 특별한 시선으로 사물을 바라보는,

아주 별난 자아의 소유자들이라는 거다. 그게 핵심이다. 그게 바로 개인적인 이야기를 예술로 만들려는 이유다. 때로는 기이하게 보이는, 서로 다른 방식들을 가치 있는 것으로 보여 주는 일은 무척 중요하다. 그렇게 해서 서로 다른 이 사람들이 각자 가진 유별난 '다름'이 다 괜찮다고 느끼도록 말이다.

BK 알겠다. 마음에 드는 말이다. 정말이다.

AB 이 행성에 존재하는 인류의 생존을 위해서라도 우리는 모두 달라야 한다. 우리가 모두 똑같다면 그건 아주 끔찍할 거다.

BK 엄청 지루하겠다.

AB 아, 정말 소름끼칠 것 같다. 모두가 다 회계사나 뭐 그런 게 될 테지. 아무도 영화를 만들지 않고, 음식을 만들지 않을 거고. 그럼 우리는 모두 죽게 된다. 다양성은 정말 중요하다. 생물다양성처럼, 모든 사람들이 서로 다른 생각을 가지고 다른 방식으로 사물을 보는 것. 그게 정말 중요하다. 그게 내가 이 작업에 신념을 갖는 이유이고, 내 별 볼일 없는, 이상한 삶을 보여 주는 행위의 핵심이다. 보편적이어서가 아니라, 개별적이기 때문에 사람들이 찾아보도록.

BK 우리의 만남에 대해서는 어떻게 생각하나? 이상하게 느껴지나?

AB 이 모든 것들에 대해서 깊이와 집중력을 가지고 이야기할 수 있었다는 것이 즐거웠다. 알다시피 사람들은 별로 참을성이 없다. 보통 사람이라면 2시간 전에 이미 흥미를 잃었을 거다.

BK 맞는 말이다. (웃음)

AB 당신이 이 모든 것에 관심을 갖는다는 것에 감동을 받았다. 함께 이야기하는 것이 즐거웠다.

BK 고맙다. 마지막으로 하고 싶은 말이 있다면?

AB 당신이 앞으로 어떤 작업을 할지 궁금하다.

BK 어떤 작업이 될 것 같은가?

AB 좋은 작품?

BK 첫 번째 작품보다는 더 좋은 작품, 아마도?

AB 비교하지 마라. 비교는 끔찍하다. (웃음)

BK 당신이 먼저 비교했다! (웃음)

AB 안다. 그러지 말았어야 했다.

BK (당신을 만나기 전에는) '더 좋은' 같은 비교 따위와는 상관없는 사람일 거라고 생각했다. "이런 지방에 내려와 사는 사람이니까, 아마도 (작품 말고 다른 것에는) 신경 쓰지 않을 거야" 하는 느낌이 있었다. 하지만 놀랍게도, 당신도 마음을 쓴다.

AB 그렇다. 어떤 면에서는 그렇고, 어떤 면에서는 그렇지 않다고 하고 싶다.

BK 당신을 직접 만나는 것도 좋았고, 당신의 책을 읽는 것도 좋았다. 이 모든 것을 합해서 당신의 모습이 내게 남을 거다. 고작 며칠 만난 것으로는 누구도 제대로 알 수는 없다. 당신을 두 번 만났지만, 그건 정말 아무것도 아니다. 당신에게는 수많은 역사와 당신만의 서재가 있다. 내가 당신에 대해서 어떻게 알 수 있겠나? 당신은 나쁜 날을 보내기도 하고 좋은 날을 보내기도 한다. 하루에도 몇 번씩 기분이 바뀔 거다. 누구에 대해서도 안다고 단정할 수 없다고 생각한다. 나는 우리 부모님에 대해서도, 나 자신조차도 잘 알지 못한다. 그냥 알기 위해 노력할 뿐이다. 그게 다다. 이제 대화를 마쳐도 되겠나?

AB 고맙다.

BK 너무너무 고맙다.

감사의 말

⟨벌새⟩를 함께 만들어 준 배우들과 스태프에게 감사합니다. 특히, 조수아 피디와 은희 역의 박지후 배우, 강국현 촬영감독 그리고 연출팀에게 감사를 전합니다. 영화가 완성되고, ⟨벌새⟩를 세상에 날게 해 준 엣나인과 콘텐츠판다에 감사합니다. 멋진 책을 내게 도와주신 아르테 출판사와, 좋은 글과 대담을 나눠 주신 다섯 분의 작가들에게 감사의 말씀을 전합니다. 명상을 가르쳐 주신 이혜영 선생님, 진여 선생님 그리고 명상 모임 무화과 김경묵, 정아람에게 감사합니다. 마지막으로, 십여 년에 걸친 성장의 과정에서 지지해 준 친구 강민희, 강지민, 박정은, 박연수, 조한나, 애인 아키토 요시카네 그리고 가족들에게 깊이 감사드립니다.

당신들이 있었기에, 벌새가 여기까지 날 수 있었습니다.

벌새
1994년, 닫히지 않은 기억의 기록

1판 1쇄 발행 2019년 8월 29일
1판 14쇄 발행 2023년 2월 1일

쓰고 엮은이 김보라
펴낸이 김영곤
펴낸곳 아르테

디자인 박대성 표지일러스트 제공 스튜디오 빛나는 김승환
아르테출판사업본부 문학팀 김지연 임정우 원보람
출판마케팅영업본부 본부장 민안기
출판영업팀 최명열 김다운
마케팅2팀 나은경 정유진 박보미 백다희
제작팀 이영민 권경민

출판등록 2000년 5월 6일 제406-2003-061호
주소 (10881) 경기도 파주시 회동길 201(문발동)
대표전화 031-955-2100 팩스 031-955-2151 이메일 book21@book21.co.kr

ISBN 978-89-509-8303-1 03810
아르테는 (주)북이십일의 문학·교양 브랜드입니다.